Kate Roseland
Mr. Hicks feiert Weihnachten

Kate Roseland

Mr. Hicks
feiert Weihnachten

Wunderlich

3. Auflage Dezember 2022
Originalausgabe
Veröffentlicht im Rowohlt Verlag, Hamburg, November 2019
Copyright © 2019 by Rowohlt Verlag GmbH, Hamburg
Covergestaltung Hafen Werbeagentur, Hamburg
Coverabbildung Olga Nefedova, Purple-Bird/iStock; textures.com
Satz aus der CochinLT
bei Pinkuin Satz und Datentechnik, Berlin
Druck und Bindung CPI books GmbH, Leck, Germany
ISBN 978-3-8052-0051-6

Die Rowohlt Verlage haben sich zu einer nachhaltigen Buchproduktion
verpflichtet. Gemeinsam mit unseren Partnern und Lieferanten setzen
wir uns für eine klimaneutrale Buchproduktion ein, die den Erwerb von
Klimazertifikaten zur Kompensation des CO_2-Ausstoßes einschließt.
www.klimaneutralerverlag.de

Familie sind nicht nur die, deren Blut
durch unsere Adern fließt, sondern auch jene,
für die wir unser Blut vergießen würden.
Charles Dickens

Vier Wochen bis Weihnachten

Ein Scheppern riss Mortimer Hicks aus dem Schlaf. Offenbar machte sich jemand am Briefschlitz zu schaffen.

«Wer ist da?», rief er mit belegter Stimme und räusperte sich.

«Ich bin's, Mr. Hicks. Fred. Ich schiebe Ihnen nur schnell ein paar Briefe rein. Schönen Tag noch!», rief es durch den Briefschlitz.

Mortimer gähnte, dann erschrak er und setzte sich mit einem Ruck auf. Wenn Fred Bingham, der junge Postbote, die Post brachte, musste es weit nach sieben Uhr morgens sein, und das bedeutete, dass er verschlafen hatte. Verschlafen!

Mortimer schaute erst aus dem Fenster, an dem dicke Regentropfen herabrannen, dann auf die Uhr, die bereits halb zehn zeigte. Er schüttelte den Kopf. Wie hatte das nur passieren können! Jeden Abend stellte er seinen Wecker auf sieben Uhr, jeden Tag stand er um Punkt fünf nach sieben Uhr auf. Der alte Aufziehwecker mit den beiden Kupferschellen, die ihn aussehen ließen wie eine Mickymaus, hatte bisher immer

7

funktioniert, immer. Und er hatte auch noch niemals so lange geschlafen, selbst in seiner Jugend nicht.

Wenn er seinen Tagesplan heute noch einhalten wollte, musste er sich sputen. Er schlüpfte in seine Cordpantoffeln, schlurfte ins Erdgeschoss, setzte den Kessel auf den Gasherd und brühte zwei Tassen Tee auf. Dann holte er die Zeitung von den Stufen vor seinem Reihenhäuschen, setzte sich an den Küchentisch, goss ein wenig Milch in die eine Teetasse, die er vor sich stellte, tat ein Stück Zucker in die andere, die er auf die gegenüberliegende Seite des Tisches schob, und begann zu lesen.

«Ist das zu glauben, Marge?», fragte er die dampfende Tasse auf der anderen Seite des Tisches. «Die wollen schon wieder am Gesundheitssystem sparen. Bald muss man sich noch offiziell bewerben, mit Passbild und Lebenslauf, wenn man einen Termin beim Arzt will.» Er schnaubte empört. «Hätten die sich nicht vorher überlegen können, was sie da tun? Stell dir vor, wir hätten uns damals so aufgeführt. Dann hätten wir es wohl kaum so weit gebracht.» Er machte eine ausladende Geste, die die Küche und das Wohnzimmer einschloss. «Heutzutage denkt einfach keiner mehr nach, bevor er handelt, nicht wahr, meine Marge?»

Die Tasse schwieg geflissentlich.

Wenn man Mortimer Hicks eins nicht vorwerfen konnte, dann, dass er jemals unüberlegt gehandelt hätte. Er hatte nicht umsonst fünfundvierzig Jahre lang in einer Versicherungsanstalt Risiken berechnet. Er wusste, was passieren konnte, wenn die Dinge nicht sorgfältig erledigt wurden. Blumentöpfe, die beim ersten Windstoß auf den Schädel eines Passanten krachten. Angeschaltete Herdplatten, die ganze Häuser abbrennen ließen. Ungenügend verriegelte Haustüren, die Einbrecher praktisch einluden.

Als man ihm kurz vor Vollendung seines dreiundsechzigsten Lebensjahrs ans Herz gelegt hatte, doch schon früher in Rente zu gehen, und ihm sogar eine ansehnliche Summe als Abfindung angeboten hatte, hatte Mortimer zwei Wochen gebraucht, um zu begreifen, dass das großzügige Angebot im Grunde ein Befehl zum Abtreten gewesen war. Er hatte Platz machen sollen für Jüngere. Für Unerfahrene! Damals hatte sich seine Margaret schon nicht mehr so gut gefühlt, also hatte er den Auflösungsvertrag schließlich zähneknirschend unterschrieben.

Keinen Augenblick zu spät, wie er nur vier Tage danach hatte feststellen müssen, als Margaret in der Küche zusammenbrach, Blut spuckte und ins Krankenhaus gebracht wurde. Sie kam nie wieder zurück und starb drei Monate später.

Seither waren seine Tage leer. Zu Anfang hatte diese Leere körperlich weh getan. Bis er begonnen hatte, seine Zeit in genau festgelegte Abschnitte einzuteilen, in Häppchen, die sich besser verdauen ließen als erstickende Tage, bedrohliche Wochen und dunkle Monate.

Mortimer trank auch Margarets Tasse aus – er hasste Zucker im Tee, aber Verschwendung war ihm mindestens ebenso zuwider –, ging hinauf ins Bad, wusch sich, rasierte sich, kämmte die immer noch recht vollen weißen Haare ordentlich aus dem hageren Gesicht, putzte sich die Zähne und zog sich an. Heute musste er einen Anzug und zwei Hemden in die Reinigung bringen und einige Hemden wieder abholen. Das machte eine Stunde, wenn er länger anstehen musste – der alte Mr. Kozlowski plauderte mit jedem seiner Stammkunden, das dauerte. Danach würde er bei Sainsbury's einkaufen. Mortimer ging nicht gern in Supermärkte, aber den Gemischtwarenladen von Mr. Hayes gab es schon seit zehn Jahren nicht mehr, und mit dem Bus wollte er nicht fahren. Das machte eine Dreiviertelstunde, wenn er die Äpfel genau prüfte und sich an der Aufschnittheke ausführlich beraten ließ. Um ein Uhr musste er sich zu Hause um das Mittagessen kümmern. Eine halbe Stunde. Essen: eine Viertelstunde. Abwaschen: fünf Minuten, großzügig gerechnet. Er benutzte ja

10

nur den Topf, einen Teller und Besteck. Dann würde er das obere Stockwerk saugen und Staub wischen. Eine Stunde. Ein Nickerchen halten: eine Dreiviertelstunde. Und dann wäre es auch schon Zeit für seinen Nachmittagsspaziergang.

Er zog sich den Trenchcoat an, setzte den Hut auf und legte sich den in eine Plastikhülle verpackten Anzug und die Hemden über den Arm. Er öffnete die Haustür, sah sich noch um, um sicherzugehen, dass er den Herd ausgemacht hatte, als er mit der Fußspitze gegen etwas Weiches stieß. «Was zum …!», murmelte er überrascht, bis er begriff, dass das Weiche auf seiner Fußmatte mit der keinesfalls ernst gemeinten Aufschrift «Willkommen» eine magere und zerzauste orangefarbene Katze war. Sofort zog er den Fuß zurück. Wer wusste schon, woher die kam, sie sah jedenfalls ganz schön schmutzig und verlottert aus. Am Ende holte er sich noch irgendwelche Krankheiten.

Er bückte sich und wedelte mit der Hand vor der kleinen Schnauze herum, um das nasse Fellknäuel zu verscheuchen. Das Knäuel schaute ihn vorwurfsvoll an und maunzte, ohne sich zu rühren.

«Guten Mooorgen, Mr. Hicks. Na, Sie haben sich heute aber Zeit gelassen», bemerkte seine Nachbarin Ethel Bingham. Sie neigte dazu, zuverlässig immer dann aufzutauchen, wenn er seine Nase aus der Tür streckte. «Dieses Vieh hockt übrigens schon seit gestern Abend vor Ihrer Haustür.» Sie deutete mit ihrem dicklichen, goldberingten Finger auf die Katze. Heute trug sie einen fliederfarbenen Morgenmantel mit etwas Flauschigem an den Ärmeln – Federn? –, obwohl es in Strömen regnete. Aber was hatte sie nur mit ihren Haaren angestellt? Unter einer transparenten Plastikhaube, die ein Band unter dem Kinn an Ort und Stelle hielt, schauten steife Locken exakt im Farbton des monströsen Morgenmantels hervor.

«Guten Morgen, Mrs. Bingham. Wie geht es Ihnen? Das Wetter ist ja heute wirklich grauenhaft.» Mortimer fand, dass man zwar immer höflich bleiben, den Kontakt zu dieser krankhaft neugierigen Person aber auf keinen Fall vertiefen durfte. Er hockte sich neben das klatschnasse Tierchen vor seinen Füßen und streckte den behandschuhten Finger aus, um es vorsichtig anzustupsen. Es zitterte und wich vor seinem Finger zurück. Mortimer richtete sich mit knackenden Knien auf, legte die Kleidung für die Reinigung über das Geländer, betrachtete die Katze und überlegte.

«Wollen Sie das Vieh etwa auch noch füttern?», fragte Ethel Bingham jetzt mit deutlich schrillerer Stimme und strich sich eine nasse lila Locke aus der Stirn. «Sie wissen schon, dass Sie es dann nie wieder loswerden. Und die Viecher fressen die armen Vögelchen!»

«Du meine Güte, Mrs. Bingham, das war mir tatsächlich vollkommen unbekannt», erwiderte er gespielt erstaunt. «Aber Mäuse auch, nehme ich an? Und die will ja wohl niemand in seinem Haus haben.»

Seit Margarets Tod hatte Ethel Bingham es auf ihn abgesehen. In den ersten Wochen nach der Beerdigung hatte sie jeden Tag Kuchen gebracht, der sicher gut gewesen war, aber er hatte damals keinen Bissen herunterbekommen. Dann hatte sie es mit Einladungen zum Tee versucht. Schließlich musste er sie wohl irgendwie beleidigt haben, denn nach ein paar Monaten war sie nachgerade unfreundlich geworden und verfolgte ihn seitdem mit ihrer Neugier und ihrem Geschwätz. Es hatte keinen Zweck, jetzt zur Reinigung aufzubrechen. Er würde es nicht einmal bis durchs Gartentor schaffen, Mrs. Bingham würde ihn nicht aus ihren Fängen lassen.

Unter dem Vorwand, etwas vergessen zu haben, drehte Mortimer sich um, wünschte Mrs. Bingham einen schönen Tag und ging zurück ins Haus. Als er gerade die Tür schließen wollte, schlüpfte die Katze mit aufgerichtetem Schwanz durch den Spalt, als wäre das ihr gutes Recht.

«Du liebe Güte, so haben wir aber nicht gewettet», sagte

Mortimer. Das pitschnasse Tier schnurrte. Er sah es ratlos an. «Ach, was soll's.» Immerhin ärgerte sich die schreckliche Bingham jetzt. Mortimer ging in die Küche, wo er in der Vorratskammer eine vermutlich längst abgelaufene Dose mit Thunfisch fand und sie auf ein Tellerchen leerte, das er auf den schwarz-weiß gefliesten Boden der Küche stellte. Er schaute zu, wie sich das magere Kätzchen mit sichtlichem Behagen über den Fisch hermachte und leise schmatzte. Als es alles verputzt hatte, strich es um Mortimers Beine herum, schnurrte und spazierte dann wie selbstverständlich ins Wohnzimmer, wo es vor dem Sofa zum Sprung ansetzte und es sich auf Mortimers Lieblingskissen gemütlich machte. «Verzeihung, Katze, aber so geht das nicht!», rief Mortimer, der zuerst vorsorglich nachschaute, ob sie Spuren auf seinen Wollhosen hinterlassen hatte. «Du kannst hier nicht bleiben. Dies hier ist kein Haus für Tiere.» Die Katze schaute ihn mit ihren gelben Augen an, schloss sie dann, rollte sich zusammen und schlief ein.

Mortimer warf einen Blick auf die Uhr. Er lag jetzt bereits zweieinhalb Stunden in seinem Tagesplan zurück. Katze hin oder her – er musste sich beeilen.

Mortimer öffnete die Haustür einen Spalt und spähte vorsichtig über das kahle Mäuerchen zum Nachbarhaus zu seiner Rechten herüber, ob Ethel Bingham dahinter lauerte. Als er den Eindruck hatte, die Luft wäre rein, huschte er mit den Hemden und dem Anzug über dem Arm die beiden Stufen herunter, den kleinen gepflasterten Weg entlang zum Gartentor und trat auf den schmalen Bürgersteig. Er wandte sich nach links, um der fliederfarbenen Plage auf jeden Fall zu entgehen, und ging an dem rostigen Gartenzaun des Nachbarhauses vorbei. Jahrelang hatte es leer gestanden, bis kurz vor Margarets Tod eine Gruppe Hippies dort eingezogen war – zumindest hatte er die bunt gekleideten, langhaarigen Studenten, die dort eine WG aufgemacht hatten, immer so genannt. Waren Hippies nicht bekannt für ihre Unordnung und ihren Krach? Beides lieferten diese Menschen im Überfluss. Nachts dröhnten wummernde Bässe durch die dünnen Wände, und der kleine Vorgarten war völlig von Gestrüpp überwuchert. Selbst eine so sanftmütige Frau wie Marge, die durchaus Sympathien für die jungen Leute aufbrachte, hatte einmal gesagt, es sei eine Schande, ein so wunderbares Haus derart verfallen zu lassen.

Aber vor einem halben Jahr war die bunte Studententruppe wieder ausgezogen, hatte zwei fleckige alte Sessel auf den

Bürgersteig gestellt, aus deren Polstern die Sprungfedern ragten («Zum Mitnehmen»), und war verschwunden. Seitdem
wohnte eine Mutter mit ihrem kleinen Jungen in dem Haus.
Sie hatte einmal bei ihm geklingelt, sich als seine neue Nachbarin vorgestellt und ihm ein Glas Marmelade in die Hand gedrückt, die merkwürdig geschmeckt hatte, irgendwie … verbrannt. Wie hieß sie noch? Josie? Jordy? Die jungen Dinger
heutzutage hatten ja alle sonderbare Namen.

Im Vorbeigehen fiel sein Blick auf ein leuchtend rot-gelbes
Kinderfahrrad, das auf den grauen Stufen zum Eingang lag.

Margaret hatte lange sehr darunter gelitten, dass sie keine
Kinder haben konnten. Sie hatte sich allerlei unangenehmen
Prozeduren bei verschiedenen Ärzten unterzogen, aber es
hatte nie klappen wollen. Er selbst hatte sich zwar nicht gegen
Kinder gesperrt, aber sie machten doch recht viel Lärm und
Schmutz, wie jedermann wusste, und er fand ihr Leben zu
zweit sehr angenehm. Immerhin hatten sie es in den achtziger
Jahren geschafft, sich von seinem nicht eben üppigen Gehalt
dieses schmale Backsteinhäuschen zu leisten, mit Küche und
Wohnzimmer im Erdgeschoss und zwei kleinen Zimmerchen
darüber. Damals hatte die winzige Straße im Stadtteil Spitalfields zu den schlechten Gegenden Londons gehört. Die
Kriminalitätsrate war hoch, nachts wagte sich Margaret nicht

allein hinaus, aber der Kaufpreis war erschwinglich, und die Nachbarschaft im Grunde bodenständig, solide und erträglich – alles Arbeiter oder kleine Angestellte wie er. Dann hatten die Leute ihre Immobilien Firmen und Maklern überlassen, die die Gebäude saniert und die Preise in unermessliche Höhen getrieben hatten. Jetzt poppten statt der traditionellen Pubs überall Cafés auf, die abstruse Kaffeespezialitäten anboten, und Restaurants mit exotischen Gerichten auf der Speisekarte, von deren Namen allein man schon Verdauungsstörungen bekam. Als wäre ein anständiger Brite nicht auch mit Tee und Baked Beans auf Toast zufrieden. Am schlimmsten war, dass diese Lokale im Sommer ihre Tische und Stühle auf die schmalen Bürgersteige stellten und man kaum an ihnen vorbeigehen konnte. Jetzt im Winter hatte man zum Glück freie Bahn.

Mortimer bog in die Wentworth Street ein, in der Kozlowskis Reinigung lag, und roch schon von weitem den speziellen Duft von Chemie und nasser Wäsche. Leider standen schon zwei Kunden vor der Tür und warteten draußen; Kozlowskis Reinigung war winzig und hatte immer nur Platz für höchstens drei Kunden, die ihre Wäsche abgeben oder abholen wollten. Der Rest musste wohl oder übel auf dem Bürgersteig warten. Mortimer schaute auf die Uhr. Es bestand kaum noch eine Chance, seinen Tagesplan zu retten. Es war zwar nicht so, dass er zu einem bestimmten Zeitpunkt pünktlich irgendwo hätte sein müssen, aber es strengte ihn geradezu körperlich an, wenn etwas nicht nach Plan lief.

Er presste ungeduldig die Lippen zusammen und stellte sich hinter eine Frau, die einen ganzen Sack mit Wäsche bei sich hatte, und einen jungen Mann, der ebenfalls seine Anzüge reinigen lassen wollte. Die Schlange bewegte sich nur sehr zäh voran; der alte Kozlowski war nicht mehr der Schnellste und liebte seine Schwätzchen. Nachdem die Frau vor ihm eine gefühlte Dreiviertelstunde lang erklärt hatte, wie die Wäsche für ihren Arbeitgeber, offenbar einen reichen Banker, gereinigt und gebügelt werden musste, stand Mortimer endlich vor dem Besitzer der Reinigung.

«Oh, Mr. Hicks, Sie sind heute aber spät dran», brummte Kozlowski unter seinem Seelöwenbart. Sein polnischer Akzent mit dem rollenden R war noch immer deutlich herauszuhören. Als er sah, dass Mortimer erstarrte, grinste er breit und entblößte eine Reihe grauer Zähne. «Aber macht doch nichts. Wäsche kann nicht weglaufen. Sie wollen abgeben und abholen.» Er nahm Mortimer den Anzug, die Hemden und den orangefarbenen Schnipsel mit der Abholnummer ab, drückte auf einen Knopf und ließ minutenlang die sauberen und gebügelten Hemden an ihrem Laufband vorbeirauschen. «Nummer nicht dabei», sagte er schließlich und kratzte sich am Kopf. «Ich schaue, ob Elvira Hemden vielleicht schon eingepackt.» Kurz darauf kam der breite Mann mit einem in Seidenpapier eingeschlagenen Paket zurück, auf dem in roter Schrift *Kozlowski's Dry Cleaners* stand. «Na, sehen Sie. Wäsche nicht weggelaufen. Hat es Elvira gut mit Ihnen gemeint und Hemden schön eingepackt, Mr. Hicks», strahlte er.

Mortimer bezahlte, nahm das Päckchen und verließ den Laden. Er war froh, kurz danach in den Sainsbury's in der Parallelstraße treten zu können, weil das dünne Papier des Päckchens schon nach wenigen Schritten ganz durchweicht war. Er hätte doch einen Regenschirm mitnehmen sollen.

Im Supermarkt wählte er eilig ein Stück Cheddar, extra würzig, einige englische Würstchen für das Sonntagsfrühstück, die im Sonderangebot waren, Eier, Toastbrot und eine Flasche Lager, ebenfalls für das Wochenende. Mortimer trank niemals Alkohol, außer am Samstagabend. Das hatte er sich mit Margaret so angewöhnt, um das Wochenende zu feiern. Sie waren nach einigen Jahren Ehe nicht mehr oft ausgegangen, eigentlich auch vorher nicht; sie waren sich immer selbst genug gewesen, jedenfalls hatte er das geglaubt. Margaret war phasenweise unruhig geworden, dann hatte sie von

19

Kino- oder Theatervorführungen, von Abendessen mit den Nachbarn oder von Ausflügen ins Umland geredet, aber er hatte es immer geschafft, derlei Pläne im Keim zu ersticken. Er hielt sich durchaus für einen umgänglichen Mann, aber er mochte andere Menschen nun mal nicht sonderlich, und am besten ging es ihm in den eigenen vier Wänden. Später hatte Margaret es aufgegeben.

Jetzt hastete er durch den Regen nach Hause, sperrte die Tür auf – und erschrak zu Tode. Etwas Weiches, Orangefarbenes berührte seine Beine. Er zuckte zurück und hätte beinahe zum zweiten Mal an diesem Tag geflucht. Die kleine Katze hatte er ja ganz vergessen! Er legte seine Einkäufe und das Paket von der Reinigung auf den Esstisch in der Küche und wagte kaum, einen Fuß vor den anderen zu setzen, aus Angst, die Katze könnte fauchen, beißen oder ihn kratzen, weil er versehentlich auf sie trat. Er hätte sie niemals hereinlassen dürfen.

Als er seine Lebensmittel in die Kammer und den Kühlschrank räumte, fing die Katze an zu miauen. Hatte sie etwa schon wieder Hunger? Thunfisch war nicht mehr im Haus. Er überlegte gerade, ob er ihr ein Schüsselchen Milch vorsetzen sollte, als er das unverkennbare Geräusch reißenden Papiers hinter seinem Rücken hörte.

Er fuhr herum und sah, wie das Vieh auf dem Esstisch saß und mit den Krallen das Paket aus der Reinigung zerfetzte. «Ksch-ksch», machte er und versuchte, das Tier vom Tisch zu scheuchen. Die Katze schaute kurz auf und machte dann unbeeindruckt weiter. Mortimer nahm einen Pfannenwender aus der Küchenschublade und schob das Tier damit vom Tisch. Entrüstet sprang es auf den Boden. Mortimer rettete das Paket, um die Hemden außer Reichweite der Katzenkrallen in den Schrank zu hängen. Er riss das Papier vollständig auf – und stockte. Darin lagen zwei Kleidungsstücke, aber das waren keineswegs die hellblauen Hemden aus feinster ägyptischer Baumwolle aus der Savile Row, die er seit fünfundvierzig Jahren trug, sondern zwei kreischbunte Blusen. Die eine war gelb und hatte ein Muster aus winzigen pinkfarbenen Flamingos, die andere war mit roten Hummern auf zartgrünem Grund übersät. Mit Hummern! Wer Blusen mit Krustentieren trug, konnte doch nicht ganz richtig im Kopf sein.

Das musste eine Verwechslung sein. Dieser Kozlowski hatte seinen Laden nicht mehr im Griff, vielleicht war es das Alter. Kozlowskis Frau Elvira hatte Mortimer schon lange im Verdacht, eine Freundin des Alkohols zu sein. Sie roch manchmal danach.

Jetzt musste er wieder durch den Regen stapfen, um die

Verwechslung aufzuklären und endlich seine Hemden wiederzubekommen. Dieser Tag war wirklich von Grund auf verdorben.

Als Mortimer um fünf Uhr wieder auf die Straße trat, war es bereits dunkel. Es war erst Ende November, aber über den Straßen sah man schon die üppige Weihnachtsbeleuchtung, für die London berühmt war: leuchtende Engel, die ihre Schwingen von Fassade zu Fassade breiteten, glitzernde Kugeln, die an aufgespannten Drähten herabhingen, Ranken und Girlanden an den Häusern. Überall ein einziges funkelndes Lichtermeer. Er selbst fand den ganzen Kitsch ziemlich übertrieben, das ging alles nur auf Kosten der Steuerzahler, aber Marge hatte die Vorweihnachtszeit geliebt.

Es waren einige Fußgänger unterwegs, aber weil es immer noch in Strömen regnete – Schnee zur Weihnachtszeit war hierzulande eine Seltenheit, dem Golfstrom sei Dank –, blieb kaum jemand vor den Auslagen der Geschäfte stehen, niemand kaufte sich einen frisch gebackenen Bagel oder eine Tüte Fish and Chips auf die Hand. Alle hatten den Blick auf die nassen Bürgersteige gesenkt und hasteten weiter.

Diesmal hatte Mortimer seinen Schirm mitgenommen und

überquerte die Brick Lane, um in die Wentworth Street zu gelangen. Wenn er ohnehin noch einmal zu Mr. Kozlowski musste, um die schrecklichen Frauenblusen abzugeben, konnte er das auch gleich mit seinem Spaziergang verbinden.

Bei Kozlowski stand nur eine Aushilfe hinter dem Verkaufstresen, die eindeutig keine Ahnung hatte. «Nicht Ihre Blusen, sagen Sie?», wiederholte das Mädchen, das ein Namensschild auf dem Kittel trug, auf dem *Tania* stand. Als hätte er nicht laut und deutlich gesprochen.

«Ganz genau. Dies sind nicht meine Blusen. Und ich hätte gern meine Hemden.»

«Ihre Hemden?»

Herrgott noch mal, hatte die es an den Ohren? «Kann ich bitte mit Mr. Kozlowski sprechen? Er reinigt seit 45 Jahren meine Hemden, und so etwas ist noch nie ...»

Das Mädchen verschwand nach hinten. Nach fünf Minuten kam sie kopfschüttelnd zurück. «Verzeihung, das muss eine Verwechslung sein. Lassen Sie Ihre Blusen hier ...»

«Das sind nicht meine Blusen!», wiederholte Mortimer nun schon zum dritten Mal.

«Entschuldigung. Lassen Sie die Blusen hier, und kommen Sie in ein paar Tagen wieder. Bis dahin tauchen Ihre Hemden sicher wieder auf.»

Mortimer knurrte einen unfreundlichen Gruß und ging.

Er bog in die Toynbee Street ein, eine besonders enge Straße hinter der Commercial Street. Plötzlich packte ihn jemand am Arm. «Sir, wollen essen?», fragte ihn ein hochgewachsener Inder oder Pakistani, so genau wusste man das ja nie. Er trug eine schwarze Hose und ein weißes Hemd, dessen Stoff schon ganz durchsichtig vor Nässe war. «Wir haben Sonderangebot Chicken Korma. Ist Menü.» Er deutete auf ein bunt beschildertes Restaurant in der Straße.

«Was erlauben Sie sich, junger Mann?», versetzte Mortimer barsch und schüttelte die Hand ab. «Natürlich werde ich um diese Zeit nicht essen.» Wenn er ehrlich war, knurrte ihm inzwischen der Magen, das Mittagessen hatte er ja ausfallen lassen müssen. Aber dieses indische Zeug, das einem so in der Kehle brannte, dass man die ganze Zeit Getränke bestellen musste, würde er nicht einmal essen, wenn er kurz vorm Verhungern wäre.

An den alten Hallen des Old Spitalfield Market bog Mortimer in die Brushfield Street und danach in die Crispin Street ein. Er hatte kaum einen Fuß auf die andere Straßenseite gesetzt, als ihn beinahe ein Radfahrer umgefahren hätte, der hinter einem Lastwagen hervorschnellte. «Pass doch auf, du alter Sack!», schrie der ihm zu und zeigte ihm den gereckten

Mittelfinger. Es war nicht so, dass Mortimer nicht auch einige treffende Beleidigungen eingefallen wären, und die Bedeutung des gereckten Mittelfingers war ihm trotz seiner siebzig Lebensjahre durchaus bekannt – aber seine gute Erziehung verbot es ihm, die Beleidigung zu erwidern.

Wann waren diese nachmittäglichen Spaziergänge so anstrengend geworden? Er legte unwillkürlich die Hand aufs Herz, versuchte, tief durchzuatmen, und lehnte sich gegen den schmiedeeisernen Zaun vor einem der Backsteinhäuser, um sich wieder zu fangen. Heute war definitiv nicht sein Tag. Nur ein wenig durchschnaufen. Atmen.

Und dann wurde ihm schwarz vor Augen.

Sir! Sir!»
Wie aus weiter Ferne drang die Stimme an sein Ohr. Zögernd öffnete Mortimer die Augen, weil immer wieder etwas gegen seine Wangen schlug, dass es klatschte. Er schaute in ein Paar blaue Kinderaugen.

«Sir! Ihr müsst aufwachen! Hier könnt Ihr nicht schlafen. Ist gefährlich!»

Das Kindergesicht war freundlich, aber völlig verschmutzt,

25

die schmalen Wangen verschmiert, die Stirn ganz grau vor Dreck, und zu allem Überfluss lief dem Balg die Nase. Und was hatte es da an? Ein grob gewebtes Hemdchen, das ihm bis zu den Knien reichte, ebenfalls schmutzig und zerfetzt. Barfuß, und das bei diesem Wetter! Und wie dünn das Kind war!

«Sir, Sir. Seid Ihr wach? Geht es Euch gut? Ihr müsst aufstehen. Nicht wieder einschlafen.»

Langsam kehrten Mortimers Lebensgeister zurück. Wo war er? Seine Zähne schlugen aufeinander, der frostige Boden hatte ihn ganz ausgekühlt. Mühsam rappelte er sich auf.

«Soll ich Euch helfen?» Ein Junge. Es musste ein kleiner Junge sein, um die sechs, sieben Jahre alt.

«Danke, Kind. Es geht schon.»

Verwirrt schaute Mortimer sich um. Wo war er hier nur hingeraten? Das Letzte, woran er sich erinnern konnte, war, dass er von der Reinigung gekommen und ihm plötzlich schwindelig geworden war. Wo waren die großen Wohnhäuser, die leuchtenden Neonreklamen, die glitzernde Weihnachtsbeleuchtung? Alles hier war grau, schmutzig und seltsam dunkel. In der Ferne, am Ende der Straße, erkannte er eine flackernde Straßenlaterne. Die Straße selbst war mit groben Kopfsteinen gepflastert. Und dieser Gestank! Es roch nicht nur nach Kohle, nach Ruß, nach Verbranntem, sondern auch übelkeiterregend nach Kot. Er schaute auf die Straße: Der Rinnstein war bis zum Rand voll, eine bräunliche Masse bewegte sich träge in Richtung Kanalisation.

Er konnte sich nicht erinnern, jemals in einer solchen Gegend gewesen zu sein, nicht einmal in seiner Kindheit in den fünfziger Jahren. Damals hatte man noch mit Kohle geheizt, aber es war selbstverständlich kein Kot durch den Rinnstein geflossen, London war schließlich nicht Kalkutta. Ratlos blickte er sich um. Dort, wo er gesessen hatte, stand eine niedrige moosbedeckte Mauer, dahinter drängten sich einige baufällige Hütten, vor denen Wäsche trocknete. Vermutlich wohnte das Kind dort.

«Wo bin ich hier, Junge?»

Der Junge sah ihn groß an. «Aber, Sir. Ihr seid in der Dorset Street.»

«Ich kenne diese Gegend wie meine Westentasche. Es gibt hier keine Dorset Street. Wir müssen in der Crispin Street sein oder in der White's Row, so genau weiß ich das nicht. Mir ist ein wenig schwindelig.»

«Ihr seid bleich wie der Tod, Sir. Wo wohnt Ihr?»

«Monthope Road 14. Noch hinter der Brick Lane.»

«Hinter der Brick Lane kenne ich mich nicht mehr aus.

Aber bis dorthin finde ich den Weg. Stützt Euch ruhig auf mich, ich bin schon stark.»

Warum redete der Knirps nur so seltsam? Noch immer fühlte Mortimer sich ein wenig weich in den Knien, daher war er dankbar, diesem Kind die Führung überlassen zu können, das ihn durch finstere Gassen und über schmutzige Gehwege tatsächlich zur Brick Lane brachte.

«Da drüben ist die alte Hugenottenkirche.» Der Junge zeigte auf ein großes Backsteingebäude mit Bogenfenstern und einer Sonnenuhr am Giebel. «Dahinten muss es sein.» Mortimer war verwirrt. An der Ecke Hopetown Street und Brick Lane war doch eben noch ein italienisches Restaurant gewesen. Jetzt befand sich in dem baufälligen Haus nur eine Art Werkstatt. *Sheepskins* stand daran. Schaffelle.

Er wollte sich zu dem Jungen umdrehen, ihm ein paar Pennys geben, aber er war verschwunden. Mit schweren Beinen machte Mortimer sich daran, die schmutzige Straße zu überqueren. Sie kam ihm ungeheuer breit vor, und er rätselte, wie das sein konnte, bis ihm auffiel, dass überhaupt keine Autos an den Straßenrändern parkten. Nur knapp konnte er einer Pferdekutsche mit großen Fässern darauf ausweichen. Ein müder Gaul zog den schweren Wagen, und der Mann im groben Drillich, der ihn lenkte, knallte ungeduldig mit der

Peitsche, um das Pferd anzutreiben. «Aus dem Weg!», schrie der Mann und schien kurz davor, die Peitsche auch auf ihn niedersausen zu lassen.

An der Stelle, wo Mortimers Haus hätte sein müssen, stand nur ein altes, windschiefes Fachwerkhaus, der erste Stock ragte weit auf die Straße hinaus. Daneben musste es kurz zuvor gebrannt haben, denn das Nachbargebäude war nur mehr eine verkohlte Ruine. In einem Winkel standen ein paar abgerissene Gestalten um einen metallenen Eimer herum, in dem Kohlen glühten, und wärmten sich die Hände. Sie hatten ihre Habseligkeiten um sich herum getürmt; viel war es nicht, und ein in Lumpen gehülltes Baby krabbelte darauf herum.

Das war doch alles ganz und gar unglaublich. Er musste aus Versehen auf das Set eines historischen Films geraten sein, anders war das hier nicht zu erklären. Sicher würde gleich jemand auf ihn zukommen und ihn bitten, aus der Kulisse zu treten.

Er spürte etwas an seinem Hosenbein. Als er sich herunterbeugte, sah er eine Ratte, die an seinem Lederschuh nagte.

In diesem Augenblick fiel Mortimer erneut in Ohnmacht.

Als er wieder erwachte, lag er auf dem Bürgersteig vor seinem Backsteinhäuschen, gegen den Gartenzaun gelehnt. Keine Gosse, in der Unrat trieb. Keine baufälligen Hütten, keine Wäscheleinen. Es roch nach Autoabgasen und Großstadt. Mühsam rappelte er sich auf und schaute sich um. Hoffentlich hatte ihn niemand hier auf dem Bürgersteig sitzen sehen! Von der neugierigen Ethel Bingham war zum Glück keine Spur. Vermutlich lag es am immer noch strömenden Regen, dass sie ihre spitze Nase nicht aus der Tür streckte. Mortimer klopfte sich notdürftig die nasse Kleidung ab und kroch mehr, als dass er ging, zur Haustür. Er ließ den Mantel im Flur einfach zu Boden gleiten, holte sich in der Küche ein großes Glas Wasser, das er in einem Zug austrank, und schleppte sich zum Sofa im Wohnzimmer. Was war da nur mit ihm geschehen? Der Tag hatte schon so merkwürdig angefangen, und er hatte definitiv zu wenig gegessen und getrunken, da konnte man sich schon mal ein wenig schwächlich fühlen. Aber diese Straßen, diese Baracken, dieser Geruch! Das hatte alles so echt gewirkt, und dieses Kind hatte ihn berührt, da war er sich ganz sicher. Er konnte sich einfach nicht erklären, was da vor sich gegangen war. Er hatte doch noch nie zu blühender Phantasie geneigt, für so etwas war immer seine Margaret zuständig gewesen. Sie war es, die den Kopf voll von all den Geschichten aus den Romanen hatte, die sich in den Regalen im oberen Stockwerk stapelten. Er hatte sich nie für Bücher interessiert und sich stattdessen lieber an seine Zahlen gehalten. Die waren wenigstens berechenbar.

«Oh, meine Marge. Wenn ich jetzt verrückt werde, so ohne dich, was mache ich dann nur?», sagte er zu ihrem Lieblingssessel mit den roten Pfingstrosen darauf. Und plötzlich überkam ihn eine unwiderstehliche Müdigkeit.

Das Letzte, was er spürte, war, wie sich etwas Warmes, Weiches an seine Füße schmiegte. Dann schlief er ein.

S eine Träume waren düster und wild, er wurde von einem in Lumpen gehüllten Kind gejagt und musste über Zäune springen, um sich zu retten. Dann fuhr Mrs. Bingham in ihrem im Wind flatternden fliederfarbenen Morgenmantel auf einem altmodischen Fahrrad hinter ihm her und klingelte schrill. Mortimer rannte schneller, aber das Fahrrad kam immer näher und klingelte, klingelte, klingelte …

… bis er schließlich erwachte. An der Tür klingelte jemand Sturm. Missmutig rappelte er sich auf, zog sich den alten Morgenmantel mit dem roten Schottenkaro über, den ihm

Marge vor Jahren geschenkt hatte, und schlurfte zur Tür. Er warf einen Blick durch den Spion, um sicherzugehen, dass es nicht Ethel Bingham war. Aber nein, es war die junge Frau von nebenan, die mit der verbrannten Marmelade. Er öffnete.

«Guten Tag, Mr. Hicks», sagte die Frau, die ihren kleinen Jungen an der Hand hielt. Sie hatte ein hübsches, offenes Gesicht und trug ihr blondes Haar zu einem Pferdeschwanz gebunden, dessen Spitzen unerklärlicherweise rosa gefärbt waren. «Es tut mir furchtbar leid, Sie zu stören, ich hoffe sehr, dass wir Sie nicht geweckt haben?», sagte sie mit Blick auf sein wirres Haar.

Mortimer räusperte sich. «Ich … ähm … schlafe um diese Zeit eigentlich nicht, mir war nur etwas …» Er fuhr sich mit zittriger Hand durch das Haar, um es zumindest notdürftig in Ordnung zu bringen.

«Dann ist ja gut. Wie Sie sich vielleicht erinnern, bin ich Ihre Nachbarin zur Linken, mein Name ist Jennifer Curtis, Jenny. Und das hier» – sie nickte in Richtung des kleinen, ziemlich nassen Jungen – «ist Charles. Charlie. Mein Sohn. Ich habe ihn gerade von der Schule abgeholt, deshalb sind wir ganz durchnässt.»

Mortimer nickte mechanisch.

«Normalerweise würde ich so etwas niemals tun, zumal

wir uns kaum kennen, aber … ich hätte da eine Bitte. Ich bin Krankenschwester, und all meine Kollegen sind krank. Die Grippewelle. Darum muss ich heute Abend dringend einspringen. Könnten Sie auf Charlie aufpassen? Ich habe tausend Freunde angerufen, aber keiner hatte Zeit. Charlie ist ein netter Junge, er wird Ihnen sicher keine Umstände machen.»

Und ehe Mortimer etwas erwidern konnte, hatte Jenny dem Jungen schon einen Kuss gegeben, sich umgedreht und rief über die Schulter hinweg: «Tausend Dank! Sie retten mir den Arsch!» Damit verschwand sie im Regen und ließ Mortimer mit offenem Mund auf der Türschwelle stehen.

Nach einer gefühlten Ewigkeit schloss Mortimer seinen Mund wieder und sah Charlie an. Charlie sah Mortimer an. Irgendetwas an seinem Blick erinnerte ihn an ein anderes blaues Augenpaar, an einen anderen kleinen, wenn auch wesentlich schmutzigeren Jungen. Er schüttelte die Erinnerung an seinen dummen Schwächeanfall entschlossen ab, räusperte sich erneut und sagte: «Tja. Ich nehme an, dass wir jetzt wohl besser hineingehen. Es ist ja doch ein wenig feucht hier draußen.»

Charlie folgte ihm in den Flur, wo sich unter seinen Füßen eine kleine Pfütze bildete. «So kannst du natürlich nicht bleiben», stellte Mortimer fest. Der Junge sah ihn fragend an.

«Du musst deine Jacke und deine Schuhe ausziehen, du bist ja ganz nass», erklärte Mortimer geduldig. Der Junge begriff wohl etwas langsam. Immerhin tat er, was Mortimer ihm gesagt hatte, setzte seinen Ranzen ab, hängte seine Jacke und den Blazer seiner Schuluniform ordentlich über den Garderobenhaken, an den er gerade so eben herankam, und stellte seine nassen Schuhe ordentlich nebeneinander darunter. Jetzt stand er in Socken auf dem kalten Holzfußboden. Selbst Mortimer, der nicht viel Ahnung von Kindern hatte, wusste, dass das nicht gesund sein konnte. «Hör mal, das ist aber nicht gut für dich, wenn du hier in Socken herumstehst.» Charlie sah ihn stumm an. «Ich hole dir Pantoffeln», entschied er, stieg die Treppe empor und suchte im Schrank nach den alten Pantoffeln von Marge. Sie waren rosa und hatten einen schwarzen Puschel an der Spitze, aber immerhin waren sie nicht so riesig wie seine. «Die müssten dir passen», sagte er, als er mit den Pantoffeln wieder in den Flur kam. Charlies Augen weiteten sich, er sah ganz und gar nicht erfreut aus. «Etwas dagegen einzuwenden?», fragte Mortimer streng.

Charlie schwieg, schaute auf seine nassen Füße und rührte sich nicht.

«Na, dann zieh sie an. Du willst dir doch nicht den Tod holen.»

Charlie schüttelte den Kopf. «Das sind Mädchenschuhe», sagte er leise.

«Das sind sie allerdings. Sie gehörten meiner verstorbenen Frau, und daran ist absolut nichts auszusetzen.»

«Und sie haben Absätze», setzte Charlie hinzu. «Kann ich nicht stattdessen ein zweites Paar Socken anziehen?»

Mortimer wandte sich schnaubend um und machte sich erneut an den mühsamen Aufstieg ins Schlafzimmer, um seine Wintersocken zu suchen. Da platzte dieser Junge einfach so in sein gemütliches Heim, und dann hatte er noch Ansprüche? Das konnte ja lustig werden, das Kind hatte ja wohl überhaupt keine Erziehung genossen. Kein Wunder, bei der Mutter. Was hatte sie zuletzt gesagt? Sie retten mir den A…? Er wagte es kaum, den Satz zu Ende zu denken.

Zurück in der Küche setzte Mortimer Teewasser auf. Tranken kleine Kinder schwarzen Tee? Er hatte nicht die leiseste Ahnung. «Trinkst du Tee, Charles?», fragte er.

«Darf ich noch nicht, sagt Mummy. Ich mag Kakao.» Den hatte Mortimer natürlich nicht da, also wärmte er ihm einen Becher Milch, in die er einen Löffel Honig tat. Einen Schluck Milch schüttete er in das Schälchen für die Katze, ein Tröpfchen in seine Teetasse. Charlies Wangen färbten sich rosig, als er seine warme Milch trank. Eine Weile saßen sie so da und schwiegen sich an. «Willst du Toast mit Bohnen?», fragte Mortimer schließlich und fügte entschuldigend hinzu: «Ich hatte noch kein Mittagessen. Grauenvoller Tag.»

Charlie nickte, als verstünde er vollkommen.

Als sie aufgegessen hatten, setzte sich Mortimer in seinen ledernen Ohrensessel und griff nach seiner Zeitung. Charlie setzte sich in Marges Pfingstrosensessel und versuchte, Kontakt zur Katze aufzunehmen, die neugierig, aber vorsichtig an seinen viel zu großen Socken schnupperte. Zwei ungebetene Gäste an einem Tag – Mortimer schüttelte verdrießlich den Kopf und machte sich an das Rätsel in der *Times*. Als er bei der Frage «Man übt es innerlich zur Selbstkontrolle» (zehn Buchstaben waagerecht) angekommen war, spähte er vorsichtig über den Rand seiner Zeitung, und da saß die Katze auf Charlies Schoß und schnurrte. Der Junge war eingeschlafen. Sein Gesicht war ganz friedlich, die langen Wimpern lagen federleicht auf den runden Wangen. Mortimer hatte nun wirklich nicht viel übrig für Kinder, weil sie üblicherweise nur Lärm und Chaos verbreiteten, aber er musste zugeben: Dieser Anblick war immerhin keine Zumutung. Er stand auf und legte dem Kind das Wollplaid über die Füße. Noch eine halbe Stunde mühte er sich mit dem

Kreuzworträtsel ab, dann legte er die Zeitung beiseite und nickte ebenfalls ein.

ortimer und Charlie mussten eine ganze Weile geschlafen haben, denn als er aufwachte, lag das Kind auf dem Boden, die Katze auf seinem Bauch. Er warf einen Blick auf die Standuhr im Wohnzimmer und sah, dass es schon halb elf Uhr war. Das konnte ja wohl nicht wahr sein! Wieso hatte diese Frau ihr Kind noch nicht abgeholt? Es konnte doch nicht bei ihm auf dem Teppich schlafen! Wenn sie mit ihrem Gör nicht zurechtkam, dann sollte sie es dem Vater schicken. Oder der Großmutter. Oder einen Babysitter bezahlen. Es war nett genug, dass er den Jungen überhaupt bei sich aufgenommen hatte. Seine Gutmütigkeit derart auszunutzen, das war ja wohl der Gipfel der Dreistigkeit!

Er hatte sich gerade in einen rechtschaffenen Zorn hineingesteigert, als es an der Tür klingelte. Tatsächlich stand Jenny davor. Unter ihrem kirschroten Regenmantel schauten die blassgrünen, jetzt vor Nässe ganz dunklen Krankenhaushosen mit den weißen Schuhen hervor. Sie lächelte müde, als er öffnete. «Hatten Sie einen schönen Abend? Hat sich Charlie gut benommen?», fragte sie.

«Hm …», machte Mortimer. «Er hat sich eigentlich gar nicht benommen.»

Jenny schaute ihn erschrocken an.

«Er ist ziemlich schnell eingeschlafen», setzte Mortimer hinzu. Jenny seufzte erleichtert und lächelte. «Oh, das ist doch gut, nicht?», sagte sie. «Er ist nach der Schule immer so müde. Die erste Klasse ist ganz schön anstrengend für die Kinder.» Damit trat sie unaufgefordert in den Flur und spähte ins Wohnzimmer, wo Charlie mit der Katze auf dem Teppich lag und schlief. «Und er hat eine Freundin gefunden!», bemerkte Jenny. «Ich wusste gar nicht, dass Sie eine Katze haben.»

«Ich auch nicht», knurrte Mortimer. «Die ist hier auch nur zu Besuch. Morgen muss sie wieder weg.»

«Wie heißt sie denn?»

«Katze?», antwortete Mortimer.

«Aber Sie können sie doch nicht einfach Katze nennen. Das könnte jede sein. Diese ist doch etwas ganz Besonderes.»

«Kann nichts Besonderes an ihr erkennen», versetzte Mortimer. «Sie können sich ja einen Namen ausdenken, wenn Sie wollen. Übrigens ist es ein Kater.»

«Wunderbar, das wird Charlie sicher Spaß machen», sagte Jenny erfreut, die jetzt sanft an der Schulter ihres Sohnes rüttelte. «Komm, mein Schätzchen, wir müssen jetzt nach Hause.» Sie hob den kleinen schlaftrunkenen Jungen hoch und legte ihn sich über die Schulter, wobei sie unter dem Gewicht ein wenig schwankte. Dann wandte sie sich zu Mortimer um und sagte: «Ich bin Ihnen wirklich sehr dankbar, Mr. Hicks. Wir hatten heute so viele Notfälle im Krankenhaus, die Kollegen hätten das auf keinen Fall allein geschafft. Normalerweise verschonen sie mich als alleinerziehende Mutter mit den Spätschichten, aber das Gesundheitssystem spart immer am Personal … Sie wissen ja sicher, wie das ist.» Sie lächelte entschuldigend. «Ich würde Sie zum Dank gern zum Abendessen einladen. Passt Ihnen Sonntagabend bei uns zu Hause? Ich mache einen Braten.» Sie streckte ihm die freie Hand hin, und Mortimer blieb nichts anderes übrig, als sie zu ergreifen. «Also abgemacht? Sonntag um sechs Uhr?»

Mortimer schloss energisch die Tür hinter den beiden. Was dachte sich die Nachbarin bloß? Unter gar keinen Umständen würde er bei dieser Frau und ihrem Kind zu Abend essen, noch dazu am heiligen Sonntag, der ja wohl der Familie vorbehalten war. So weit kam es noch!

Drei Wochen und drei Tage
bis Weihnachten

Am Sonntagabend stand Mortimer um Punkt sechs Uhr
vor der Tür des Nachbarhauses, rückte die schief hän-
gende Hausnummer neben der Tür zurecht und klingelte. Er
wäre beinahe zu spät gekommen, weil ihm eingefallen war,
dass Margaret früher bei den seltenen Einladungen, die sie
wahrgenommen hatten, darauf bestanden hatte, den Gast-
gebern etwas mitzubringen. Also war er noch schnell zum
Sainsbury's gegangen, um eine kleine Schachtel Pralinen zu
kaufen, die mochte jeder. Bestimmt gab diese Jennifer alles
dem Kind, obwohl man ja wusste, dass zu viel Süßes den Zäh-
nen schadete.

Die Minuten vergingen, nichts rührte sich hinter der Tür
mit dem abgeblätterten blauen Anstrich. Er klingelte noch
einmal und lauschte. Funktionierte die Klingel nicht, oder
war niemand da? Na, umso besser, dann konnte er ja gleich
wieder nach Hau…

«Mr. Hicks!» Charlie hatte die Haustür aufgerissen und

40

stand zahnlückig strahlend vor ihm. Er warf einen Blick auf Mortimers Hände und rief über die Schulter: «Mummy? Mr. Hicks ist da. Und er hat uns was mitgebracht!»

«Wunderbar, Liebling! Bitte ihn doch herein und nimm ihm den Mantel ab!», rief es von drinnen.

Charlie stellte sich auf die Zehenspitzen, um Mortimer den Trenchcoat abzunehmen und ihn an die Garderobe zu hängen, die so voll beladen war, dass sie gefährlich kurz vor dem Absturz schien. «Ich darf mir einen Namen für den Kater ausdenken, hat Mummy gesagt. Ich finde, er muss Spider-Cat heißen. Wie Spider-Man, nur als Kater. Weil er bestimmt Superkräfte hat. Das klingt doch toll, oder?»

Mortimer verstand kein Wort. Spinnenkatze? Superkräfte? Was war denn das nur wieder für ein Blödsinn? Er half Charlie, den Mantel aufzuhängen.

«Bin gleich da! Ich gieße nur noch etwas Marinade über das Fleisch!», rief Jenny aus der Küche. Man hörte Klappern und Klimpern, dann fiel etwas mit einem lauten Krachen zu Boden. «Was für ein verdammter *Scheiß* aber auch!», tönte es.

«Ich helf dir, Mummy!», rief Charlie und rannte zu ihr. Mortimer blieb allein im Flur stehen und schaute sehnsüchtig zur Haustür. Wo war er hier nur hingeraten? In diesem

Augenblick erschien Jenny im Flur, die Haare zerzaust, das Gesicht hochrot, aber strahlend. «Mr. Hicks! Wie schön, Sie zu sehen! Beinahe hätte es keinen Braten gegeben, mir ist nämlich die Auflaufform aus der Hand gefallen, verdammt heiß, das Ding!» Sie wischte sich die Hände an der Schürze ab. «Aber ich konnte das Zeug gerade noch retten. Willkommen!» Damit streckte sie ihm die Hand hin, die Mortimer so vorsichtig ergriff, als wäre sie ein besonders glitschiges Meerestier. «Das ... das ist ja schön», stammelte er und hielt ihr die Pralinenschachtel hin.

«Wie lieb von Ihnen! Ich hoffe, Sie haben richtig Hunger mitgebracht. Die Lammkeule, die Charlie und ich gestern auf dem Markt gekauft haben, ist nämlich fast fünf Kilo schwer. Mit Knochen allerdings.»

Charlie nickte eifrig. «Die ist sooo groß!», sagte er beeindruckt und breitete die Arme aus, um die Größe zu zeigen.

Jenny führte Mortimer in das klitzekleine Wohnzimmer, in dem ein runder Tisch mit drei Stühlen daran stand. Als er sich vorsichtig seinen Weg zwischen Legosteinen und herumliegendem Spielzeug hindurchbahnte, wäre er beinahe über etwas Buntes gestolpert, wenn sich Charlie ihm nicht in den Weg geworfen hätte. «Das ist ein Batmobil!», erklärte ihm der Junge.

«Jetzt setzen Sie sich erst einmal, Mr. Hicks. Warten Sie, ich hole Ihnen schnell etwas zu trinken. Rotwein?» Jenny war schon wieder verschwunden, bevor Mortimer «Ich trinke nur Bier» sagen konnte, und stellte ihm zwei Minuten später ein Weinglas vor die Nase, das sie großzügig bis zum Rand füllte. Danach schenkte sie sich selbst ein. «Gibt nichts Besseres als Rotwein nach einem harten Tag!», sagte sie, hob vorsichtig ihr Glas, das überzuschwappen drohte, und prostete Mortimer zu.

Was blieb ihm anderes übrig? Er tat es ihr nach und nippte vorsichtig an der schwarzroten Flüssigkeit. Er musste husten, so etwas Starkes war er gar nicht gewohnt.

Jenny hatte das Glas bereits zur Hälfte geleert.

«Tut mir leid», bemerkte sie, «ich kann ein bisschen Entspannung wirklich gebrauchen. Ich musste heute Morgen schon wieder im Krankenhaus einspringen.» Sie lächelte entschuldigend. «Das ist immer ein wenig dumm für Charlie. Er musste allein zu Haus bleiben, obwohl wir uns so auf einen kleinen Sonntagsausflug gefreut hatten.»

«Wir wollten nach King's Cross, weil Harry Potter von dort aus nach Hogwarts gefahren ist», krähte Charlie.

«Na ja, und jetzt mussten wir das verschieben. Aber wir holen es nächste Woche nach, einverstanden, mein Schatz?»

Charlie nickte eifrig.

Mortimer nahm einen zweiten Schluck vom Wein, weil er nicht wusste, was er sagen sollte.

«Aber erzählen Sie mal, Mr. Hicks, wie geht es Ihnen denn? Sie sind Witwer, habe ich gehört?», fragte Jenny.

«Mir geht es gut», antwortete Mortimer.

«Wir fragen uns schon, seit wir hier eingezogen sind, was Sie wohl den ganzen Tag lang machen, so allein.»

Charlie wirkte keineswegs so, als hätte er sich jemals die Frage gestellt, womit Mortimer seine Tage verbrachte, und war eifrig beschäftigt, seine Serviette zu einem Schiffchen zu falten, das allerdings immer wieder auseinanderfiel, weil das Papier so weich war.

Mortimer dagegen war wie vom Donner gerührt. Man redete doch wohl nicht über derart private Dinge bei einer Einladung unter Nachbarn?

Er nahm einen großen Schluck Rotwein, der jetzt nicht mehr so übel schmeckte. Wirklich gar nicht übel. Er trank gleich noch einen.

«Nun, allein zu sein hat ja durchaus auch seine Vorteile», sagte er so leichthin, wie er konnte. «Man kann sich den Tag gestalten, wie man möchte.»

«Na ja, das ist natürlich wahr. Solange man nicht wunderlich wird, wenn man den ganzen Tag ohne Gesellschaft ist ...», bemerkte Jenny freundlich.

In ihm krampfte sich alles zusammen. Wollte sie etwa andeuten, dass er ein seniler alter Stiesel war, der jeglichen Kontakt zur Realität verloren hatte? Er war doch nicht hierhergekommen, um sich beleidigen zu lassen! Er hatte vor ein paar Tagen diesen merkwürdigen Schwächeanfall gehabt, das ja, aber seitdem war derlei nicht mehr vorgefallen, und er hatte insgesamt keinesfalls den Eindruck, wunderlich zu werden. Jedenfalls nicht wunderlicher als andere Menschen auch.

Er räusperte sich, um Zeit zu gewinnen. Es fiel ihm absolut nichts ein, womit er von dem peinlichen Thema seiner Person ablenken konnte. Also fasste er sich ein Herz und konterte: «Im Übrigen leben Sie doch auch allein?» Kaum hatte er es ausgesprochen, wäre er am liebsten im Boden versunken. Was für eine indiskrete Frage!

Aber Jenny zuckte nicht einmal mit der Wimper. «Ja, das stimmt. Und es ist wirklich nicht leicht. Aber immerhin sind wir zu zweit, nicht wahr, Charlie?»

«Und ich habe einen Kater.» Es war heraus, bevor Mortimer darüber nachdenken konnte, welchen Blödsinn er da verzapfte. Er hatte ja gar keinen Kater. Das Vieh war ihm nur zugelaufen, und er würde es auf gar keinen Fall behalten. Jetzt war sein Glas leer, und Jenny schenkte ihm nach.

«Genau, der Kater!», sagte Jenny, und Charlie hob den Kopf. «Spidercat muss er heißen!», befahl der Junge.

«Schätzchen, ich glaube, das ist kein guter Name. Wie wäre es denn mit Oscar?» Sie sah Mortimer erwartungsvoll an. Mortimer sah erwartungsvoll seinen Wein an.

«Oder Alfie?», setzte sie nach.

«Neiiiin, Mummy, nicht Alfie. Das ist doof. Sam, wie der Feuerwehrmann!»

«Ginger, weil er so rot ist?», fragte Jenny und streichelte ihrem Sohn über den Kopf.

«Bob! Bob der Baumeister!», schlug Charlie vor.

«Bob ist ein guter Name», stimmte Jenny zu.

«Bob», nickte Mortimer, dem ganz leicht und lustig im Kopf wurde. Er nahm noch einen Schluck. Wirklich lecker, so etwas musste er sich auch einmal kaufen. Gerade als er überlegte, dass er vielleicht etwas essen sollte, weil er sonst womöglich betrunken wurde, meinte er, etwas Verbranntes zu riechen.

«Mummy?», sagte Charlie in diesem Moment. «Mummy, da stinkt was.» Jenny sprang auf, öffnete die Tür, und eine schwarzgraue Wolke drang ins Wohnzimmer.

«Um Himmels willen!», rief sie und verschwand in der Küche. «Ist mir doch schon wieder etwas angebrannt!»

«Passiert ihr ständig», stellte Charlie sachlich fest und öffnete routiniert die Wohnzimmerfenster, als täte er das jeden Tag. «Jetzt gibt es wieder Sandwiches. Wollen wir Galgenraten spielen?» Er holte zwei Blatt Papier und zwei Stifte und erklärte Mortimer die Regeln. Als sich Charlie und Mortimer gerade darüber stritten, ob man das Wort Steinhagel mit einem r vor dem g schrieb oder nicht – Charlie votierte leidenschaftlich für das r und behauptete, Mortimer schummele, Mortimer war aus gutem Grund dagegen und wies seine Unterstellungen empört zurück –, kam Jenny mit einem Teller Sandwiches zurück. «Mr. Hicks, es tut mir wirklich furchtbar leid und ist mir sehr peinlich, aber ich fürchte, das Fleisch ist mir verbrannt, das Gemüse sowieso. Ich habe jetzt versucht zu retten, was zu retten war. Leider gibt es heute Abend nur Sandwiches mit Lammfleisch. Das Verbrannte habe ich natürlich abgeschnitten.»

«Macht nichts!», rief Charlie, ehe Mortimer höflich jegliche Verstimmung wegen des geänderten Menüs von sich weisen konnte. «Ich mag sowieso kein Gemüse!» Damit griff er zu und lud sich den Teller voll.

Die Sandwiches waren überraschend gut. Das Brot war

knusprig, das Fleisch zart, und Jenny hatte trotz ihres Ärgers mit dem verbrannten Essen noch eine würzige Soße zusammengerührt, die beides auf das Köstlichste verband. Mortimer aß mit großem Appetit und spürte, wie er wieder Boden unter den Füßen fand. Dabei vertiefte er sich mit Charlie in eine ernsthafte Diskussion über den Sinn und Zweck des Zähneputzens, wobei er von seiner bildhaften Schilderung zerrütteter Gebisse und deren Folgen für Gesundheit und Aussehen selbst überrascht war. Charlie kicherte so sehr, dass er beinahe vom Stuhl fiel, bis Jenny ihn sich unter den Arm klemmte. «Zeit fürs Bett, junger Mann. Ich komme gleich wieder», fügte sie an ihren Gast gewandt hinzu.

Allein am Esstisch fiel Mortimers Blick auf die Anrichte. Babyfotos von Charlie standen dort, Charlie mit Jenny am Strand, Charlie mit einem jungen Mann auf einer Schaukel.

«Das ist Charlies Vater», sagte Jenny, die wieder hereingekommen war. Mortimer fühlte sich so ertappt, als hätte er in der Wohnung herumgeschnüffelt, und wollte sich schon entschuldigen, aber Jenny winkte ab. «Nein, nein, ich habe Ihnen ja selbst ganz schön indiskrete Fragen gestellt.» Sie lächelte. «Da muss ich mir das wohl auch gefallen lassen. Das Foto steht nur für Charlie da, damit er weiß, dass es einen Vater gibt. Aber er ist leider ein Windhund.»

«Charlies Vater ist ein Windhund?» Mortimer sah Jenny ungläubig an. Das wurde ja immer verrückter.

Jenny lachte aus vollem Hals. «Rufus ist ein Nichtsnutz, jemand, der nur von seinem geerbten Geld lebt, und er beschäftigt genügend Anwälte, die ihm so lästige Leute wie uns vom Leibe halten. Wir waren nur sehr kurz miteinander verheiratet.» Sie sah ihn an, aber es wirkte nicht traurig. «Es ist besser so, Mr. Hicks. Er wäre sowieso keine Hilfe. Er ist einfach ein Ar…» Sie lächelte breit, als sie sein fassungsloses Gesicht sah, und korrigierte sich: «Er ist einfach nicht in der Lage, sich regelmäßig um Charlie zu kümmern. Aber Charlie und ich kommen gut miteinander aus. Er ist nur ein bisschen zu viel allein, und ich habe kein Geld für einen Babysitter.»

«Möchten sich die Großeltern nicht um Charles kümmern?» Es war heraus, bevor Mortimer darüber nachdenken konnte. Schon wieder so eine Indiskretion! Das musste der Wein sein.

«Noch so ein unerfreuliches Thema. Meine Eltern sind nicht meine richtigen Eltern. Sie haben mich adoptiert, als ich gerade drei Jahre alt war. Aber das habe ich erst herausbekommen, als ich mit Charlie schwanger war. Viel zu spät, wenn Sie mich fragen.» Sie starrte traurig in ihren Wein. «Es ist schwierig zu erfahren, dass man sein ganzes Leben mit einer Lüge gelebt hat, wissen Sie.»

49

Mortimer nickte, obwohl er das keineswegs wusste.

«Mein Adoptivvater ist schon seit längerem tot, und zu meiner Mutter habe ich keinen Kontakt mehr.»

Die Vorstellung, den Kontakt zur eigenen Mutter abzubrechen, kam Mortimer ungeheuerlich vor. Das hätte man zu seiner Zeit niemals gewagt.

«Es ist ein harter Schnitt, das gebe ich zu», fuhr Jenny fort, als hätte sie seine Gedanken gelesen, «aber sie hat mich all die Jahre angelogen, wissen Sie.»

Mortimer nickte wieder, was blieb ihm anderes übrig. Hoffentlich fing Jenny jetzt nicht auch noch an zu weinen. So komisch, wie ihm von all dem Wein war, war es nicht sicher, dass er nicht ebenfalls in Tränen ausbrechen würde. Und das wäre ja wohl der Gipfel der Peinlichkeit.

«Daher hätte ich eine Bitte an Sie», sagte Jenny und riss ihn damit aus seinen Gedanken.

Jetzt kam es. Er hatte doch geahnt, dass das hier keine harmlose Einladung unter Nachbarn werden würde. Natürlich hatte die Frau Hintergedanken. Was sollte er nur tun, wenn sie Geld von ihm verlangte?

«Ich wollte fragen, ob Charlie vielleicht Bob hin und wieder füttern dürfte.» Sie nahm einen Schluck von ihrem Wein. «Ein Haustier ist nämlich sein sehnlichster Wunsch.»

«Aber unbedingt!», platzte Mortimer heraus. Er war so erleichtert, dass er unvermittelt hinzusetzte: «Und ich kümmere mich gern um Charlie, wenn Sie mal wieder zu Ihrem Schichtdienst müssen.»

Als Mortimer schließlich nach Hause ging – wobei er sehr froh war, dass es stockdunkel und sehr regnerisch war, denn er torkelte ein wenig –, hatte er das Gefühl, der Abend wäre keine völlige Zeitverschwendung gewesen.

Drei Wochen und zwei Tage
bis Weihnachten

Am Montag stand Mortimer als erster Kunde in Mr. Kozlowskis Reinigung, um sich nach seinen Hemden zu erkundigen.

«Es tut mir leid», sagte Mr. Kozlowski und runzelte die buschigen Brauen, «bisher hat sich noch niemand gemeldet. Geben Sie Handynummer. Dann rufe ich an.»

«Ein Handy besitze ich nicht. Ich schreibe Ihnen meine Telefonnummer auf», erwiderte Mortimer. Kozlowskis Reinigung war immer verlässlich gewesen, die Kleidung immer picobello, das hatte auch Marge gesagt. Und jetzt diese Schlamperei! Er machte einen Umweg zu Sainsbury's, um Bob Katzenfutter zu kaufen – wenn er Jenny versprochen hatte, dass Charlie das Tier besuchen durfte, konnte er es ja schlecht vor die Tür setzen –, und ging wieder nach Hause.

Langsam entwickelte sich die Sache mit den Hemden zu einem echten Ärgernis. Er war schon auf sein ungeliebtestes Hemd herunter, das am Kragen kratzte und über dem Bauch spannte. Ungeduldig versuchte er, mit dem Finger den Kragen etwas zu lockern. In den Jahren nach Marges Tod hatte er lernen müssen, für sich selbst zu sorgen und den Haushalt zu machen. Putzen, ja, das konnte er inzwischen recht gut – er hatte einen genauen Plan erstellt, was täglich, wöchentlich und monatlich zu erledigen war –, beim Kochen war er über die Grundlagen nicht herausgekommen, was bedeutete: Bohnen und Toast und hin und wieder mal einen Apfel für die Gesundheit. Das war nicht der Gipfel der Genüsse, aber er kam zurecht. Nur bei der Wäsche hatte er sich bisher auf Kozlowski und seine Maschinen verlassen. Aber die passten neuerdings nicht mehr gut auf sein Eigentum auf. Er spürte, wie sich die Trauer um seine Frau wieder einmal dunkel auf ihn senkte. Mit Marge war einfach alles leichter gewesen. Dass es draußen gar nicht hell werden wollte und unablässig regnete, half da kein bisschen.

Er seufzte, trat ins Badezimmer, in dem die Waschmaschine stand, kramte die Gebrauchsanweisung aus der Schublade und begann, darin zu lesen. Nach einer halben Stunde fühlte er sich ausreichend informiert, um zehn seiner Hemden in die Trommel zu stecken und das Programm «Kochwäsche» zu wählen. Die Maschine, die sieben Jahre lang nicht benutzt worden war, setzte sich gequält quietschend in Bewegung.

«Na bitte», knurrte Mortimer. «Höhere Physik war das nicht.»

Er kochte sich einen Tee und wartete, bis das Programm abgelaufen war. Dann holte er die nasse Wäsche aus der Trommel und roch daran. Merkwürdig, sie roch irgendwie – muffig. Und die weißen Hemden wirkten grau. Sogar die hellblauen hatten einen Grauschleier. Er ließ die Wäsche auf dem Boden liegen, um in der Vorratskammer nach so etwas wie Wäschebleiche zu suchen, kam wieder ins Badezimmer und sah gerade noch, wie Bob durch das zum Lüften offen stehende Fenster sprang und mit seinen schmutzigen Pfoten über die Wäsche stolzierte. Na, großartig! Da konnte er die Prozedur gleich wiederholen.

Er las noch einmal die Gebrauchsanweisung durch, begriff, dass er beim ersten Mal das Waschpulver vergessen hatte, füllte eine Portion in den Einspülkasten und ließ die Maschine laufen.

In der Zwischenzeit machte er sich etwas zu essen. Erstaunlicherweise wollten ihm die Bohnen mit Soße heute nicht recht schmecken, nicht einmal die Würstchen halfen. Seit seinem Schwächeanfall neulich in den Straßen des Londoner East End war er nachdenklich geworden. Was, wenn etwas mit ihm nicht stimmte? Wenn er senil wurde? Oder sein Herz nicht mehr lange mitmachte und seine Tage gezählt waren? Mortimer hing nicht besonders am Leben, schon gar nicht, seit seine Marge tot war, aber er hatte Angst vorm Sterben. Und er war sich ziemlich sicher, dass die Pfaffen logen, wenn sie vom Leben nach dem Tod schwafelten. Da war er mit Marge einer Meinung gewesen.

Bob strich schmeichelnd um seine Beine, und Mortimer öffnete ihm eine Dose Katzenfutter, die das Tier hastig verschlang. Danach putzte es sich ausgiebig, setzte zum Sprung an, landete auf seinem Schoß und schob den Kopf neugierig über die Tischkante. Mortimer schubste ihn wieder hinunter. So weit kam es noch, eine Katze am Mittagstisch!

Im Badezimmer piepte die Waschmaschine, und diesmal waren die Hemden so geworden, wie er es erhofft hatte: Sie rochen frisch, und die Farben wirkten hell und strahlend. Leider waren sie nass. Marge hatte nasse Kleidung immer auf einen Wäscheständer gehängt. Aber wo war der? Ganz hinten in der Vorratskammer fand er ihn schließlich. Er klappte das verstaubte Ding auf und wischte es ab. Eine halbe Stunde zog und zerrte er an den Hemden, bis sie einigermaßen glatt hingen. Jetzt war ihm schwindelig, die ganze Aktion mit all dem Bücken und Recken und Zerren war erstaunlich kraftraubend gewesen, und er musste sich erst einmal setzen.

Vielleicht war wirklich etwas nicht in Ordnung mit ihm. Aber Hinlegen kam nicht in Frage. Es war jetzt bereits fast vier Uhr, er musste seinen Nachmittagsspaziergang machen. Vielleicht würde der ihn beleben. Er beschloss, auf den Friedhof zu Marges Grab zu gehen, um ein wenig mit ihr zu plaudern.

Vor der Tür schien sich ein Unfall ereignet zu haben. Lichter blinkten durch das Fenster zum Vorgarten und tauchten das dunkle Wohnzimmer in gespenstisches Blau, Grün und Orange. Vorsichtig steckte Mortimer die Nase aus der Tür, er wollte auf keinen Fall neugierig erscheinen. Gaffer, die sich am Unglück anderer ergötzten, waren ihm ein Gräuel.

Draußen glitzerten bunt die Regenfäden im hektisch blinkenden Licht. Aber da war weit und breit kein Unfall. Ein Blick nach links, und er erkannte die Ursache für das Lichterchaos: Die gesamte Fassade von Ethel Binghams Haus leuchtete in allen Farben des Regenbogens. Seine Nachbarin musste den ganzen Tag damit verbracht haben, Lichterketten aufzuhängen – wobei sie es mit ihrer beträchtlichen Leibesfülle bestimmt nicht selbst auf eine Leiter schaffte. Vermutlich hatte sie ihren Sohn Fred dazu gezwungen. Sogar ein blinkender Tannenbaum aus Plastik stand im Vorgarten. Es war der reinste Albtraum.

Schon in den vergangenen Wintern hatte Ethel die Vorweihnachtszeit mit ihren optischen Höllenfeuern gefeiert, aber diesmal hatte sie sich selbst übertroffen.

Mortimer öffnete seinen Regenschirm, grummelte böse vor sich hin und wandte sich nach rechts. Im Fenster von Jenny und Charlie stand eine einzelne weiße Wachskerze. Wenn man schon den Geburtstag des Erlösers feiern wollte, dann war das ja wohl die angemessene Art und Weise.

Mortimer ging jetzt etwas schneller, vermied sorgfältig die Pfützen und bog nach einer Dreiviertelstunde in die Straße ein, die auf den Tower-Hamlets-Friedhof zu führte. Kaum hatte er das Tor durchschritten, erstarb das Rauschen des Verkehrs. Hier standen uralte bemooste Grabsteine an morschen Mäuerchen zwischen Büschen und hohen Bäumen. Im Sommer war der Ort ein verwunschenes Paradies. Mortimer liebte den Friedhof, hier war er ganz bei sich – und bei seiner Marge. In der Dämmerung ragten die verwitterten Grabsteine wie gespenstische Schemen aus der Erde, einige schon gefährlich zur Seite geneigt. Die nassen Zweige der Weiden hingen wie Geisterhaare auf die Erde herab, und hätte Mortimer nicht ganz genau gewusst, wo seine Frau lag, hätte er sich bestimmt verirrt – oder vor Furcht das Weite gesucht.

Er trat an das gepflegte Grab mit dem schlichten Grabstein. *Margaret Eleanor Hicks, geborene Chapman* stand darauf, darunter ihre Lebensdaten. Sie war nur fünfundsechzig Jahre alt geworden.

«Ich wünsche dir einen guten Nachmittag, meine liebe Margaret», sagte Mortimer leise, und ihm war, als erwiderte Marge seinen Gruß. Obwohl es so nass war, setzte er sich auf das Mäuerchen, das ihr Grab von der parallel verlaufenden Gräberreihe abgrenzte, und begann zu erzählen. Er erzählte von Bob, dem Kater, von Charlie und Jenny, er erzählte von den vertauschten Hemden und von Kozlowskis Schlampigkeit, von Ethel Binghams Aufdringlichkeit und ihrem schrecklich vulgären Geschmack. Und er erzählte seiner verstorbenen Frau von seinem Schwächeanfall und den merkwürdigen Dingen, die er dabei erlebt hatte.

«Meinst du, ich werde langsam ein bisschen verrückt, meine Liebe?», fragte er. «Aber dieser schmutzige, zerlumpte Junge kam mir so ungeheuer real vor. Muss ich zum Arzt?» Er hasste Quacksalber. Wenn man selbst nicht wusste, was einem fehlte, wussten sie auch nicht weiter. Wie zur Antwort wurde der Regen jetzt sogar noch stärker, der Regenschirm knickte beinahe unter dem Gewicht der Wassermassen ein. Mortimer suchte Schutz unter einer gewaltigen Eiche und machte sich so klein wie möglich.

Inzwischen war es so finster, dass er kaum die Hand vor

Augen sehen konnte, der Regenschirm behinderte zusätzlich seine Sicht. Dennoch war ihm, als bewegte sich ein paar Gräber weiter ein Schatten. Vorsichtig hob er den Schirm und sah eine Gestalt vor einer Grabstelle hocken. Es musste eine Frau sein, denn sie trug einen weißen Regenschirm mit roten Kirschen darauf und einen leuchtend blauen Mantel. Sie strich mit den Händen über den Stein und schien vor sich hin zu murmeln. Vermutlich hatte auch sie einen geliebten Menschen verloren und trauerte um ihn. Wer wusste schon, wie viele Menschen in London sich in diesem Moment ebenso einsam und kalt bis auf die Knochen fühlten wie er.

Um nicht indiskret zu sein, drehte er sich still um und ging vorsichtig zurück zum Ausgang und nach Hause.

Er zog sich die nasse Kleidung aus, hängte sie zum Trocknen über die Heizung, machte sich ein kleines Abendessen, gab Bob zu fressen und nahm ein heißes Bad. Als ihm endlich wieder warm war, trocknete er sich ab, zog seinen Flanellpyjama an und stieg ins Bett. Damit das schreckliche Geblinke von Ethel Binghams Weihnachtsdekoration seinen Schlaf nicht stören konnte, schichtete er eine Mauer aus Kissen neben seinen Kopf.

Er schaltete BBC 4 ein, um wie immer den Seewetterbericht mit den Schiffsmeldungen zu hören. Der gleichmäßige

Tonfall des Sprechers machte ihn zuverlässig schläfrig: «Tyne, Dogger. Nordost drei bis vier. Gelegentlich Regen. Mäßig bis schlecht.» Als die Vorhersage bei Rockall, Malin und Finisterre angekommen war, fielen Mortimer die Augen zu, und das Letzte, was er spürte, war ein sanfter Druck an seinen Füßen, wo sich Bob zusammenrollte.

Zwei Wochen und vier Tage
bis Weihnachten

Mortimer hatte den Samstagvormittag damit verbracht, seine gewaschenen, endlich getrockneten Hemden zu bügeln – oder es jedenfalls zu versuchen. Seine Bemühungen ließen den Stoff der ersten beiden Hemden noch knittriger erscheinen als vorher. Das dritte trug jetzt einen hellbraunen Fleck in Form des Bügeleisens auf der Brust, aber bei den Hemden danach hatte er die Vorder- und Rückseiten doch noch einigermaßen glatt bekommen. Wenn er eine Strickjacke darüber zog, würde keiner bemerken, dass er die Ärmel nicht gebügelt hatte. Er war inzwischen schweißgebadet und am Rande des Nervenzusammenbruchs. Das war doch kein Zustand. Wenn er seine Hemden doch nur wieder zur Reinigung bringen könnte! Aber wer wusste schon, was Kozlowski dann mit ihnen anstellen würde.

Immerhin legte Charlie, den Jenny am frühen Nachmittag vorbeibrachte, keinen großen Wert darauf, dass er anständig gekleidet war.

«Ich bin Ihnen ja so dankbar, dass Sie ihn nehmen, Mr. Hicks», sagte Jenny. «Die Schichten am Wochenende sind für mich immer die schwierigsten. Und ich kann ihn ja schlecht mitnehmen.» Sie zauste Charlie das Haar. «Benimm dich gut, mein Schätzchen. Mach Mr. Hicks keinen Ärger.»

«Mach ich doch nie, Mummy», versetzte Charlie ein wenig beleidigt.

Als Jenny gegangen war, stand Mortimer vor Charlie und starrte ihn an. Charlie starrte zurück. «Was, ahem, möchtest du denn heute tun?», fragte er den Jungen schließlich.

«Ich möchte gern Bob hallo sagen», antwortete der eifrig. «Und dann möchte ich gern in den Park. Mummy macht mit mir immer einen Ausflug am Samstag, wenn sie nicht arbeiten muss.»

«Bob macht gerade einen Spaziergang und ist deshalb nicht da. Wir sollten auch einen machen, aber der Park ist keine gute Idee. Es regnet noch immer.» Mortimer dachte nach. Was unternahm man mit kleinen Kindern? Wofür interessierten sie sich? «Wir gehen ins Museum», entschied er schließlich.

Lag da etwa Enttäuschung in Charlies Blick? Aber das Leben war schließlich kein Wunschkonzert. Sie würden ins Museum gehen, basta.

Nach einer kurzen Busfahrt erreichten sie das Museum of London, das direkt an der ehemaligen Befestigungsmauer der Stadt lag. Sie gaben ihre tropfnassen Mäntel ab und machten sich auf Entdeckungstour. Mortimer dozierte über römische Grenzwälle, über Julius Cäsar und seinen Siegeszug auf der Insel, über frühe Abwasserkonstruktionen und darüber, dass ein großer Teil der englischen Wörter aus dem Lateinischen stammte, und Charlie hörte nicht zu. Er trottete gelangweilt neben Mortimer her. Die Kinder heutzutage interessierten sich auch einfach für gar nichts mehr, außer für Plastikzeug und merkwürdige Spinnen- und Fledermausgestalten.

Erst als sie zum Großen Londoner Brand von 1666 kamen, wurde Charlie wieder lebhafter. Die Bilder von den brennenden Häusern, von den mit Rauch und Glut erfüllten engen Gassen faszinierten ihn, und er plapperte fröhlich vor sich hin und stellte viele Fragen. Mortimer las alle Tafeln und erfuhr selbst einiges, was er noch nicht gewusst hatte.

Als Charlie hörte, dass der Große Brand, der vier Fünftel des damaligen Stadtgebietes vernichtete, in einer Bäckerei in der Pudding Lane begonnen hatte, bekam er ganz große Augen. «Können wir mal einen Ausflug in die Pudding Lane machen, Mr. Hicks? Bitte! Bestehen die Häuser da aus Süßigkeiten?» Leider musste Mortimer erklären, dass mit Pudding hier kein Nachtisch, sondern die Schlachtabfälle und anderer Unrat gemeint waren, die den Fleischern von Eastchap damals von den Wagen fielen. Das dämpfte Charlies Begeisterung für diese Straße etwas.

Schließlich kamen sie zur Ausstellung des Viktorianischen Zeitalters, und Charlie wollte sich geradezu ausschütten vor Lachen über ein Ereignis namens «der Große Gestank» vom Sommer 1858. Damals war die Themse vor lauter eingeleiteten Abwässern zur Kloake geworden. Der Gestank hatte die Herren im Britischen Unterhaus so sehr bei der Arbeit gestört, dass sie hastig beschlossen, ein Abwassersystem bauen zu lassen. Charlies ausgelassene Heiterkeit war ansteckend, und Mortimer musste ebenfalls lächeln.

Immer noch lächelnd hob er den Blick, als eine der Museumswärterinnen ihren Platz am Durchgang zum nächsten Saal einnahm. Sie musste etwa in seinem Alter sein, und sie lächelte strahlend zurück. Sie hatte dunkles, lockiges Haar, das von grauen Strähnen durchzogen und zu einem lockeren Dutt hochgesteckt war, und blitzende braune Augen, die noch ganz jung und voller Schalk blickten.

Sein Blick glitt herunter auf ihre schwarze Museumsuniform, er stockte – und dann erstarrte er. Unter dem Jackett lugte der Kragen einer Bluse hervor. Und die war blassgrün.

Grün mit roten Punkten. Aber nein – das waren keine Punkte. Es waren Hummer! Die Frau trug die Krustentierbluse, die Mortimer statt seiner Savile-Row-Hemden von Kozlowski mit nach Hause genommen hatte!

Und was bedeutete das? Das bedeutete, schloss Mortimer messerscharf, dass diese Frau seine geliebten Hemden mit nach Hause genommen hatte. Dass diese Frau seine geliebten Hemden nicht zurückgegeben hatte. Dass sie sich widerrechtlich in ihrem Besitz befanden.

Erbost wandte er sich ab, nur um sie aus den Augenwinkeln weiter zu beobachten.

Was sollte er jetzt nur tun?

Charlie zupfte ihn am Ärmel. «Mr. Hicks, können wir jetzt bitte weitergehen? Ich möchte gern dort hinten hin, da gibt es echte Geschäfte von früher.»

Mortimer folgte dem Jungen in die viktorianische Geschäftsstraße mit einem Friseur, einem Papierwarenladen und einem Krämer. Vor dem Spielzeugladen mit den alten Schaukelpferden und den Puppen in Rüschenkleidern blieb Charlie besonders lange stehen. «Schau mal, Mr. Hicks. Da hinten steht ein Nussknacker. So einen schenke ich Mummy zu Weihnachten, dann können wir Nüsse knacken.»

Aber Mortimer konnte sich nicht mehr konzentrieren. Er

musste unbedingt herausfinden, was es mit dieser Hemdendiebin auf sich hatte. Und sich sein Eigentum wiederbeschaf-
fen.

Zwei Wochen und drei Tage
bis Weihnachten

Am Sonntagmorgen hatte der Nebel, der sich von der Themse aus über die Stadt gelegt hatte, noch schwefelgelb und giftig ausgesehen; jetzt, am Abend, schien er die Dunkelheit nur noch zu verstärken. Er schluckte die Lichter der Straße, und wer es wagte, in der feuchtkalten Luft spazieren zu gehen, kam sich in der großen, anonymen Stadt noch einsamer vor als sonst.

Das Museum schloss um sechs Uhr. Mortimer nahm an, dass die Hemdendiebin das ganze Wochenende Dienst hatte, daher stand er schon um Viertel vor sechs hinter einer Säule vor dem Eingang und wartete darauf, dass ihre Schicht zu Ende ging. Er hatte vor, sie zur Rede zu stellen und direkt mit ihrem Verbrechen zu konfrontieren.

Es war jetzt Viertel nach sechs, und Mortimer fröstelte bereits in seinem dünnen Trenchcoat, als die Wärterin tatsächlich durch die Tür trat. Sie war mit einer Kollegin ins Gespräch vertieft. Das war ärgerlich, so konnte er sie nicht ansprechen, denn die Angelegenheit war heikel. Er musste warten, bis sie allein war.

Also folgte er den beiden Frauen durch die nebligen Straßen, wobei er sich an die Hauswände drückte und in Eingänge huschte, wenn sie stehen blieben und sich umschauten. Zum Glück stiegen sie nicht in einen Bus oder gar in die U-Bahn, sondern wandten sich zu Fuß in Richtung Osten. Mortimer musste sich bemühen, Schritt zu halten, damit der Nebel sie nicht verschluckte. Eine halbe Stunde gingen sie so, bis sie nach Spitalfields kamen. Gegenüber vom alten Women's Refuge, früher ein Unterschlupf für obdachlose Frauen und Kinder, bogen sie in die White's Row ein. Dort verabschiedeten sich die beiden Frauen schließlich herzlich voneinander, und die Kollegin verschwand in einer Seitenstraße.

Mortimer ging jetzt schneller, um die Frau im blauen Mantel einzuholen. Das Herz schlug ihm bis zum Hals. Er war immer noch empört, gleichzeitig aber auch aufgeregt. Gleich würde er die Frau anhalten und ihr auf den Kopf zusagen, dass sie seine Hemden gestohlen hatte. Sie trat jetzt in einen der dunklen Hauseingänge und machte sich am Haustürschloss zu schaffen. Wenn er sie jetzt ansprach, würde sie sich zu Tode erschrecken. Andererseits …

In etwa zehn Schritt Entfernung blieb er stehen. Er merkte, dass er völlig außer Atem war; die feuchtneblige Luft tat seiner Lunge gar nicht gut. «Guten Abend!», presste er hervor, aber es kam nur ein Flüstern heraus. Er versuchte zu winken, um auf sich aufmerksam zu machen, aber sein Arm fühlte sich plötzlich so schwer an.

Die Frau musste aus den Augenwinkeln eine Bewegung gesehen haben, denn sie fuhr erschrocken herum, schaute ihm direkt ins Gesicht, und Mortimer wurde es ganz seltsam zumute. So weich und neblig im Kopf.

Dann wurde ihm schwarz vor Augen.

Gerade noch konnte er sich an der Hauswand abstützen. Er glitt unsanft zu Boden, und alles war nur noch Nebel.

Er schlug die Augen auf und blickte in ein braunes Augenpaar, das ihn besorgt anschaute. Das Gesicht war von einer Haube umrahmt, unter der weiße Spitze hervorquoll. «Sir, wachen Sie doch bitte auf!», sagte die Frau und rüttelte ihn sanft an der Schulter. «Ist Ihnen nicht wohl? Sie sind ohnmächtig geworden, direkt hier auf der Straße.»

Mortimer rappelte sich auf, setzte sich auf den Kantstein und schaffte es gerade noch so eben, nicht in den Rinnstein mit seinem Unrat darin zu treten. «Ich weiß nicht, was mir passiert ist», murmelte er. «Wo bin ich denn? Wo bin ich jetzt schon wieder?» Er rieb sich die Augen, hob den Kopf und blickte sich um. Es war beinahe stockdunkel um sie herum, nur am Ende der Straße stand eine einzelne Gaslaterne, die mit ihrem flackernden Licht tapfer gegen die neblige Finsternis ankämpfte.

Die Frau hob ihren bodenlangen Rock, damit er nicht in eine Pfütze geriet. Sie war etwas mollig um die Mitte, die sie eingeschnürt trug, und konnte kaum jünger sein als er, aber ihre Haut war rosig und ihr Blick wach.

«Sie sind in Spitalfields, Sir. Gleich hier an der Dorset Street.» Sie rümpfte die Nase. «Und ich kann Ihnen sagen, dies ist fürwahr keine gute Gegend. Wenn ich nicht dringend für meine Herrschaft hätte Wäsche abgeben müssen, wäre ich sicher nicht hier um diese Zeit.»

Mortimer kannte Spitalfields wie seine Westentasche, hier wohnte er schließlich schon seit vierzig Jahren. Aber diese Straße kannte er definitiv nicht. Nirgends in der Umgebung seines Zuhauses war es derart dunkel, schmutzig und eng – und dann dieser Gestank nach Kohl und Fisch und verbranntem Holz und Unrat, den er schon bei seinem letzten merkwürdigen Schwächeanfall wahrgenommen hatte! Der Name

Dorset Street kam ihm entfernt bekannt vor. Ganz sicher war er noch niemals dort gewesen, aber es war ihm doch so, als hätte er einmal davon erzählen hören. Er schüttelte verwirrt und noch etwas benommen den Kopf.

«Und auf keinen Fall, Sir, sollten Sie hier auf der Straße sitzen. Es ist nass und kalt. Bitte stehen Sie doch auf. Soll ich Ihnen Hilfe holen? Ein paar Straßen weiter wohnt ein Apotheker, der hat vielleicht eine Tinktur, die Ihnen wohltun wird ...»

«Es ist alles in bester Ordnung», versicherte Mortimer hastig, nicht nur, weil er auf keinen Fall einen in irgendwelchen Hinterzimmern zusammengerührten Trank wollte, sondern auch, um die Frau am Gehen zu hindern. «Aber wenn Sie vielleicht die Güte hätten, mir aufzuhelfen, bitte?»

Jetzt hielt sie ihm die behandschuhte Hand hin, und er ergriff sie und stand auf. Er schwankte ein wenig, weil sein Kreislauf noch ganz schwach war, dann legte sich der Schwindel endlich. «Gnädige Frau, vielen Dank. Aber verraten Sie mir doch bitte, warum tragen Sie so ... altertümliche Kleidung?»

Die Dame riss die Augen auf, dann wurde sie rot, was ihr ganz entzückend stand. «Aber, mein Herr ... ich weiß sehr wohl, dass ich nicht nach neuester Mode gekleidet bin», damit strich sie den Stoff ihres Kleides glatt, «aber altertümlich ist vielleicht doch nicht der richtige Ausdruck für dieses Kleid, das ich erst seit zwei Jahren besitze.» Sie senkte den Blick. «Es ist mein bestes.»

Mortimer beeilte sich zu versichern, dass ihr das Kleid ganz besonders gut stehe, dann verstummte er peinlich berührt. Wieder einmal war er in ein Fettnäpfchen getreten. Er war an weibliche Gesellschaft einfach nicht mehr gewöhnt.

«Lieber Herr», fuhr die Dame fort, «um der Wahrheit Genüge zu tun, sind es doch eigentlich Sie, der ein wenig ungewöhnlich angezogen ist mit diesem … Armeemantel. So etwas tragen doch nur Soldaten im Krieg.»

Mortimer sah an sich herab. Das hier wurde ja immer merkwürdiger. Sie war es doch, die sich wie zu einer Kostümparty verkleidet hatte, und jetzt tat sie so, als wüsste sie nicht, dass der gepflegte englische Herr bei diesem schlechten Wetter nun mal einen Trenchcoat trug? Vermutlich machte sie nur Scherze und erwartete von ihm, dass er mitspielte. Er sah sie ratlos an, und sie musste lachen. Es war ein Lachen, das so warm und fröhlich war, dass es Mortimer gleich etwas besser ging.

«Verzeihen Sie, mein Herr. Es ist nur, Sie sehen so unglaublich verwirrt aus. Sagen Sie mir doch, wo Sie wohnen. Vielleicht kann ich Ihnen den Weg nach Hause weisen.»

«Ich wohne in der Monthope Road», antwortete er automatisch. «Nummer 14.»

«Oh, die ist mir wohlbekannt. Sind Sie ein Hugenotte? Gehört Ihnen eine Seidenweberei? Ihr Zungenschlag kam mir gleich so merkwürdig vor.»

Hugenotte? Weber? Zungenschlag? Was war nur in diese Frau gefahren? Er war waschechter Londoner und hatte es zeit seines Lebens vermieden, allzu viel von der Welt zu sehen. Er schüttelte den Kopf. Er hatte davon gehört, dass immer mehr Menschen an sogenannten historischen Rollenspielen teilnahmen, aber soweit er wusste, spielten die eher im Mittelalter. Diese Frau hingegen war angezogen wie zur Viktorianischen Zeit. Vermutlich war sie nicht ganz richtig im Oberstübchen. Überaus angenehm anzusehen, freundlich, das ja, aber ein bisschen verdreht. Er hatte jedoch keine Wahl, er brauchte ihre Hilfe, um einigermaßen sicher nach Hause zu kommen.

«Werte Dame, ich habe zwar keine Ahnung, wo genau wir uns hier befinden, aber ich wäre Ihnen außerordentlich verbunden, würden Sie mich nach Hause geleiten», sagte er. Hoffentlich klang das in ihren Ohren richtig.

Tatsächlich lächelte sie ihn jetzt an, sodass sich die Fältchen in ihrem freundlichen Gesicht vertieften, und davon wurde ihm ganz warm ums Herz. Da war doch was … irgendetwas kam ihm an ihr bekannt vor … diese Augen …

«Es ist mir eine Freude, mein Herr. Auch ich fühle mich gleich ein wenig sicherer in Ihrer Gegenwart.» Sie senkte die Stimme. «Hier treiben sich allerhand Nichtsnutze herum, Trunkenbolde und Leute ohne Obdach. Ich bin froh, an einen Gentleman geraten zu sein – wenn auch an einen ausländischen!» Sie griff nach seinem Arm, aber er spürte keine Berührung, und dann war es, als löste sie sich vor seinen Augen im Nebel auf.

M ortimer seufzte behaglich. Er hatte ausgesprochen merkwürdig geträumt, von Nebel und dunklen Gassen und Gaslaternen und einer properen Frau mit braunen Augen und Lachfältchen. Kein unangenehmer Traum, das nicht, nur sehr seltsam. Und so lebhaft, als wäre das alles tatsächlich passiert. Er schlug die Augen auf – und kniff sie gleich wieder zu.

Wo war er? Vorsichtig öffnete er erneut die Augen. Er lag in einem weißen Metallbett unter weißen Laken, und an seiner Seite stand ein weißer Nachttisch aus Metall, daneben ein

Ständer mit einem Beutel daran. Eine durchsichtige Flüssigkeit tropfte durch einen Schlauch ... direkt in seine Armbeuge!

Er versuchte, sich aufzusetzen, aber heftige Kopfschmerzen hinderten ihn daran. Im Bett neben ihm schnarchte laut ein alter Mann, nur sein fast kahler, altersfleckiger Schädel mit dünnem weißem Haarflaum darauf schaute aus den Kissen hervor.

Mortimer fand einen Knopf neben dem Bett, den er drückte. Sofort erschien eine Krankenschwester. Es war Jenny.

«Mr. Hicks!», sagte sie und lächelte ihn an. «Wie schön, dass Sie wieder wach sind! Sie haben mir wirklich einen ordentlichen Schrecken eingejagt, als man Sie heute Abend eingeliefert hat! Wie fühlen Sie sich denn?»

«Ich habe ein wenig Kopfschmerzen», antwortete Mortimer.

«Wissen Sie denn noch, wie Sie hierhergekommen sind?», fragte Jenny.

Mortimer schüttelte den Kopf, was er sofort bereute, weil sein Schädel mit der ruckartigen Bewegung kein bisschen einverstanden war.

«Warten Sie, ich gebe Ihnen etwas gegen die Schmerzen. Sie haben eine leichte Gehirnerschütterung. Offenbar sind Sie auf der Straße zusammengebrochen und mit dem Kopf gegen eine Hauswand geschlagen», erklärte Jenny, ließ das Kopfteil seines Bettes hochfahren und stützte ihn, um ihm Wasser und eine Tablette zu geben.

«Ich kann mich an nichts mehr erinnern», murmelte Mortimer ein wenig kläglich. Er konnte ihr schlecht von seinem so plastischen Traum in den finsteren Gassen des East End erzählen, und schon gar nicht von der verkleideten Frau.

«Ist schon gut, Mr. Hicks. Versuchen Sie, erst einmal zu schlafen. Es ist mitten in der Nacht; morgen ist auch noch ein Tag.» Damit tätschelte sie ihm tröstend die Schulter, zog dem Schnarcher im Nebenbett noch einmal die Decke zurecht und wandte sich zum Gehen.

«Bob!» Dieser Kater brauchte etwas zu fressen, er konnte ja nichts dafür, dass er zu Hause gefangen gehalten wurde. Hatte er das laut gesagt? Jenny drehte sich um und trat wieder an sein Bett. «Bob, Ihr Kater!», sagte sie. «Wissen Sie was, Charlie und ich füttern ihn, sobald meine Schicht zu Ende ist. Dazu müssten Sie mir allerdings Ihren Schlüssel überlassen.»

«Ist in meiner Manteltasche», sagte er. Dann erinnerte er sich an seine Manieren und fügte hinzu: «Vielen Dank dafür.»

«Service des Hauses», entgegnete Jenny und lächelte breit.

Zwei Wochen und zwei Tage
bis Weihnachten

Bis zum Morgen hatte Mortimer kein Auge zugetan. Das lag nicht nur an seinem Bettnachbarn, der wacker weiterschnarchte, als bekäme er es bezahlt – und zwar mit Rentenzuschlag und Sozialversicherung –, sondern auch daran, dass er sich mittlerweile ernsthafte Sorgen machte. Es war doch nicht normal, dass er ständig ohnmächtig wurde und dann so merkwürdige Dinge erlebte. Vielleicht hatte er es doch mit dem Herzen oder eine unheilbare Krankheit. Hoffentlich musste er jetzt nicht hier im Krankenhaus bleiben.

Um acht Uhr, er war schon gewaschen und hatte gefrühstückt – unsäglichen Mortadellatoast, dazu eine Brühe, die die Bezeichnung Tee nicht verdiente und seine Laune endgültig in den Keller trieb –, kam die Visite. Eine Gruppe Männer und Frauen in grünen Kitteln und Hosen trat ins Zimmer, darunter Jenny. Sie begrüßten Mortimers Bettnachbarn, der zwar endlich nicht mehr schnarchte, dafür aber schamlos angab. «Ich habe schon drei Herzinfarkte überlebt und zwölf

Herzschrittmacher verschlissen, da kommt es auf einen mehr oder weniger auch nicht mehr an», prahlte er und hustete dann heftig.

«Sie müssen trotzdem unbedingt mit dem Rauchen aufhören, Mr. Smith, sonst haben wir Sie nächste Woche wieder hier», sagte ein junger Mann mit schwarzen Haaren und olivfarbener Haut in bestem Oxford-Englisch. War das etwa der Arzt? Der war doch kaum älter als Charlie! «Ihre Werte sind viel zu schlecht für auch nur eine weitere Zigarette.»

«Wollen Sie mir diese Freude auch noch nehmen!», ächzte der Mann mit pfeifendem Atem.

«Es ist Ihre Entscheidung. Ich kann Ihnen nur dringend raten: Hören Sie damit auf!»

Der Mann nickte halbherzig, und der Trupp stellte sich jetzt um Mortimers Bett herum auf.

«Guten Morgen, Mr. Hicks. Ich bin Dr. Ravi Kapoor. Wie geht es Ihnen?», fragte der dunkelhäutige Mann. Jenny hielt ihm beflissen ein Klemmbrett mit Untersuchungsergebnissen hin, und Mortimer fand, dass sie ihn irgendwie … sehnsüchtig ansah.

«Mir geht es den Umständen entsprechend gut. Immerhin habe ich mir den Schädel an einer Rotklinkerwand angeschlagen», erwiderte Mortimer mürrisch.

«Sie haben eine Gehirnerschütterung. Können Sie sich denn daran erinnern, wie Sie hierhergekommen sind?»

«Gar nicht. Dafür habe ich lebhaft geträumt.»

«Das ist oft so bei einer Gehirnerschütterung. Ich würde gern noch Ihr Herz untersuchen, um eine Herzschwäche auszuschließen. Bisher sind alle Ihre Werte aber gut. Jedenfalls für Ihr Alter.»

Ha! Eine Unverschämtheit! Und das von einem jungen Hüpfer, der gerade erst den Windeln entwachsen war. Die Jungen dachten immer, ihre Jugend wäre irgendwie ihr Verdienst, und kamen sich den Alten gegenüber überlegen vor. Dabei hatten sie doch noch überhaupt keine Ahnung von der Welt!

Jetzt lächelte dieser Grünschnabel Jenny an, die praktisch dahinschmolz. «Mrs. Curtis, könnten Sie vielleicht ein EKG für Mr. Hicks veranlassen? Dafür wäre ich Ihnen sehr dankbar.»

«Selbstverständlich», flüsterte Jenny und wurde rot. Meine Güte, die war ja Wachs in den Händen dieses Jungen! War er hier in eine dieser schmalzigen Krankenhausserien geraten, die Marge so gern geschaut hatte? *Emergency Room* oder wie die hieß? Das war ja peinlich! Er würde ein ernstes Wörtchen mit Jenny reden.

Aber erst musste er hier raus.

Einige höchst unangenehme, überflüssige und langwierige Untersuchungen später entließ man Mortimer. «Sie sind völlig gesund, Mr. Hicks», hatte Dr. Kapoor gesagt. «Sie sind sogar recht fit.» Mortimer hatte geschmeichelt gelächelt. «Allerdings», hatte der Arzt hinzugefügt, «müssen Sie darauf achten, genügend zu trinken. Sie waren ziemlich dehydriert, als Sie eingeliefert wurden. Ältere Leute» – exakt an dieser Stelle fiel Mortimers aufblühende Selbstgefälligkeit wieder in sich zusammen – «neigen manchmal dazu, das Trinken zu vergessen. Ich rate dazu, jede Stunde ein Glas Wasser zu trinken. Dann werden Sie diese Schwächeanfälle, die Sie ja schon mehrmals hatten ...»

«Nur zwei Mal!», verbesserte ihn Mortimer.

«... dann werden Sie diese Schwächeanfälle sicher nicht mehr haben.» Dr. Ravi Kapoor lächelte ihn freundlich an. «Männer in Ihrem Alter tendieren dazu, sich zu überschätzen. Achten Sie auf Ihre Grenzen. Passen Sie auf sich auf!»

Was bildete sich dieser Lackaffe eigentlich ein? Mortimer war noch immer beleidigt, weil ihn dieser Doktor so herablassend zurechtgewiesen hatte, als er am Nachmittag endlich sein Haus aufschloss. Auf dem Wohnzimmertisch standen drei Flaschen Mineralwasser, daneben ein Blumenstrauß und zwei Dosen teures Katzenfutter. Zwei Umschläge lagen dabei, auf dem einen stand «Für Mr. Hicks», der andere war unbeschriftet. Bob lag auf seinem Lieblingsplatz mitten auf dem Sofa und gab sich den Anschein, als wäre er hier der Hausherr. Er schnurrte, ganz offenbar hatte er mit Appetit gefressen. «Na, Hauptsache, dir geht's gut, was?», grummelte Mortimer. «Jetzt musst du aber Platz machen, ich komme nämlich gerade aus dem Krankenhaus.» Damit schob er das orangefarbene Fellbündel beiseite – das Tier wurde langsam mollig um die Mitte – und ließ sich mit den beiden Karten aufs Sofa fallen. Auf der ersten stand: *Lieber Mr. Hicks, wir freuen uns, dass Sie wieder zu Hause sind. Jenny und Charlie.* Das Wasser hatte Jenny sicher auf den Tisch gestellt, damit er nicht vergaß zu trinken. Das war sehr freundlich.

Dann öffnete er den zweiten Umschlag.

Verehrter Mr. Hicks, las er,
das Krankenhaus hat mir netterweise Ihren Namen genannt, und am Anmeldetresen hat man mir versichert, dass Sie diese Karte erhalten würden. Darf ich mich vorstellen: Ich bin diejenige, die den Krankenwagen gerufen hat, als Sie ohnmächtig

geworden sind. Ich habe mir große Sorgen um Sie gemacht.
Bevor Sie in Ohnmacht fielen, hatte ich den Eindruck, Sie
hätten mir eine Frage stellen wollen, gestern Nacht vor meiner
Haustür in der White's Row.
Ich habe mich sehr gefreut zu erfahren, dass Ihr Zustand
keinerlei Anlass zur Besorgnis bietet, und würde Ihnen Ihre
Frage gern beantworten, wie auch immer sie lautet.
Mit den allerbesten Grüßen und Wünschen für Ihren Gesund-
heitszustand
Gwendoline Berrycloth

Mortimer ließ die Karte sinken und dachte nach. Die Gedanken bewegten sich immer noch etwas träge in seinem Kopf; es
war, als müsste er wie bei einem Bühnenstück mit viel Kraft
die Kulissen hin und her schieben, damit sich alles zu einem
stimmigen Bild zusammenfügte. Gwendoline Berrycloth.
Der Name sagte ihm nichts, aber jetzt fiel der Groschen: Das
musste die Wärterin aus dem Museum of London sein, der
er gefolgt war. Die Frau, die gerade die Haustür hatte öffnen
wollen, als er ohnmächtig wurde. Die Frau, die seine Hemden
gestohlen hatte!

Das war ja eine unglaubliche Unverfrorenheit. Erst eig-
nete sie sich seine Hemden an, dann erschlich sie sich seinen

Namen – was kam wohl als Nächstes? Wollte sie auch noch sein Haus übernehmen?

Sein Herz klopfte ihm jetzt wieder bis zum Hals, und um sicherzugehen, stürzte er ein Glas Mineralwasser herunter. Lieber gleich zwei. Nein, drei, vorsichtshalber.

Er stopfte die schmutzige Kleidung von letzter Nacht in die Waschmaschine und nahm eine hastige Dusche. Dann zog er eins seiner knittrigen Hemden an und seine Zweitstrickjacke darüber, die längst nicht so gemütlich war wie seine erste, aber jetzt war nicht die Zeit für Empfindlichkeiten. In Trenchcoat und mit Regenschirm trat er hinaus vor die Tür und machte sich auf den Weg in die White's Row. Es war Zeit, die Hemdendiebin zur Rede zu stellen.

In jedem zweiten Fenster standen jetzt Kerzen oder klebten Sterne aus buntem Papier. Weihnachten war nicht gerade Mortimers Lieblingsfest – alle feierten in ihren Familien, nur er, so schien es ihm, saß alleine in seiner Küche und aß seine Bohnen zur Feier des Tages mit Speck. Die Einsamkeit wurde während der Feiertage beinahe unerträglich, und er zählte die Tage, bis der Alltag wieder einkehrte.

In der Brick Lane schienen nur Touristen unterwegs zu sein. Bei dem Wetter blieben anständige Engländer auch besser zu Hause, wenn sie nicht, so wie er, etwas Dringendes zu erledigen hatten. Nachdem er die Commercial Road überquert hatte, stand er schließlich vor dem Hauseingang, in dem diese Gwendoline Berrycloth mit dem Schlüssel hantiert hatte. Keine Namen auf den Klingelschildern, nur die Wohnungsnummern, na, das passte ja ins Bild. Er trat einen Schritt zurück auf den Bürgersteig und überlegte. Was sollte er jetzt tun? Warten, bis sie zufällig aus dem Haus kam?

In diesem Augenblick öffnete sich die Haustür, und ein junger Mann trat heraus. Mortimer fasste sich ein Herz und sprach ihn an. «Verzeihen Sie, guter Mann, ich möchte zu Mrs. Berrycloth. Wissen Sie, wo ich da klingeln muss?»

Der Mann runzelte die Stirn. «Berrycloth? Oh, Sie meinen sicher die nette Gwen, die unter dem Dach wohnt. Ich bringe ihr manchmal Lebensmittel mit, sie hat es ein bisschen an der Hüfte, und die Treppen sind steil … Ja, hier links oben, das ist ihre Klingel.» Damit verabschiedete er sich und ging seiner Wege.

Also hatte sich Mortimer nicht geirrt, und auch auf seine Erinnerung schien Verlass zu sein. Ehe er es sich anders überlegen konnte, drückte er auf den Klingelknopf. Er wartete ein paar Sekunden und lauschte, dann hörte er, wie die Gegensprechanlage knisternd zum Leben erwachte. «Ja, bitte?», ertönte eine freundliche Stimme.

«Ich, ahem, bin Mortimer Hicks und würde gern zu Mrs. Berrycloth.»

«Das bin ich. Warten Sie, ich öffne Ihnen. Kommen Sie doch hoch!»

Mortimer stieß die schwere Tür mit dem abgeblätterten Lack auf und trat in einen schäbigen Hausflur. Er machte sich an den Aufstieg, wobei er auf jedem Treppenabsatz kurz verschnaufen musste. Oben in der Tür stand tatsächlich die Frau aus dem Museum. Sie trug eine elegante Hose, dazu die gelbe Bluse mit den pinkfarbenen Flamingos darauf und strahlte, wobei ihre Augen blitzten. Sie fuhr sich durch die wilden, diesmal offenen Locken. «Ich bin leider heute nicht ganz präsentabel, aber ich freue mich, dass wir uns so schnell wiedersehen, Mr. Hicks. Und dass Sie offenbar wieder zu Kräften gekommen sind. Bitte kommen Sie doch herein.»

Mortimer trat die Schuhe auf der mit bunten Käfern verzierten Fußmatte ab (Käfer! Du liebe Güte!) und folgte der Frau in ihre Wohnung. Mrs. Berrycloth nahm ihm den Trenchcoat ab und sagte: «Bitte, setzen Sie sich doch in die Küche. Soll ich Ihnen einen Tee machen?»

«Nein danke», sagte Mortimer. Es war am besten, wenn er gleich zur Sache kam. Aber Mrs. Berrycloth schien ihn überhaupt nicht gehört zu haben. «Ich freue mich so sehr, dass es Ihnen wieder gut geht, Mr. Hicks», sagte sie. «Das war vielleicht ein Schreck, sage ich Ihnen, als Sie da direkt vor meinen Augen zusammengebrochen sind! Ich habe Ihnen sofort meine Handtasche unter den Kopf gelegt und den Krankenwagen gerufen. Du lieber Himmel, Ihnen hätte ja sonst was passieren können! Und dann auch noch in der Nacht allein auf der Straße!» Sie wirkte ehrlich besorgt. «Aber hat man Sie denn auch richtig untersucht? Ist denn wirklich alles wieder gut?»

«Vielen Dank der Nachfrage, ja, mir geht es hervorragend», murmelte Mortimer. «Hatte wohl nur zu wenig getrunken.»

«Ah, das ist natürlich gar nicht gut. Dann ist ein Tee umso nötiger. Ich setze schnell den Kessel auf», sagte Mrs. Berrycloth. «Es gibt nichts, was eine Tasse Tee nicht besser machen würde!»

Mortimer schaute sich in der geräumigen Küche um, deren Wände mit einer geschmackvollen grün-weißen Tapete beklebt waren. An beiden Fenstern hing als einziger weihnachtlicher Schmuck je ein Stechpalmenzweig. Ein alter weißer Küchenschrank stand in der Ecke, darin befand sich offenbar das gute Geschirr. Mrs. Berrycloth kramte darin und stellte eine Tasse mit Untertasse und einem Tellerchen vor ihn hin. Schon begann der Kessel auf dem alten Aga-Gasherd zu pfeifen, und sie goss den Tee auf. «Ein paar Scones? Ich habe gerade welche gebacken. Allerdings müssen Sie mir sagen, ob Sie zuerst die Sahne und dann die Marmelade darauf streichen oder umgekehrt.» Sie kicherte und sah dabei aus wie ein junges Mädchen. «An dieser Frage sind schon Ehen gescheitert.»

Sie stellte ein Töpfchen mit dicker Sahne und ein Glas Himbeermarmelade auf den Tisch und setzte sich. «Darf ich?», fragte sie und schenkte Mortimer ein, ohne die Antwort abzuwarten. Der Tee und die Scones dufteten so köstlich, dass er sich ganz benebelt fühlte. Er nahm einen Schluck aus der Tasse und nickte unwillkürlich: Der Tee war exakt so, wie er sein musste.

Er stellte die Tasse ab und straffte sich. Schließlich war er nicht zu einem gemütlichen Teestündchen gekommen. Diese Frau wickelte ihn mit ihrer Freundlichkeit und ihrem Gebäck ja in null Komma nichts ein! Er musste sich unbedingt zusammenreißen, um diesen Fall zu klären. «Mrs. Berrycloth», begann er und fixierte dabei einen pinkfarbenen Flamingo auf ihrer Bluse, «eigentlich komme ich in einer ausnehmend ernsten Angelegenheit zu Ihnen. Wir können das hier unter uns regeln. Oder ich muss die Polizei hinzuziehen, dann wird es natürlich unangenehmer für uns beide.»

Ihr Strahlen fiel in sich zusammen, und sie riss die Augen auf. Aha, dachte er, sie fühlt sich schuldig. Immerhin.

«Lieber Mr. Hicks, ich habe zwar keinerlei Ahnung, was Sie meinen, aber bitte, erklären Sie sich doch», erwiderte sie. Das wiederum klang nicht gerade nach angemessenem Schuldbewusstsein.

Mortimer räusperte sich. «Ich hatte wirklich gehofft, Sie würden es gleich zugeben. Die Situation ist auch für mich alles andere als angenehm.» Er faltete die Hände. «Es ist doch so, dass Sie vor etwa zwei Wochen widerrechtlich ein Paket mit sauberen Hemden aus meinem Besitz an sich genommen und bisher nicht zurückgegeben haben», sagte er mit so viel Strenge, wie er aufbringen konnte.

Mrs. Berrycloth sah ihn verwirrt an. «Verzeihen Sie, Mr. Hicks – aber wovon sprechen Sie da?»

«Sagt Ihnen der Name Kozlowski's Cleaners etwas?»

«Selbstverständlich, dorthin bringe ich ja immer meine Blu…» Sie schlug sich mit der flachen Hand gegen die Stirn. «Ach, jetzt verstehe ich endlich! Sie meinen die dumme Verwechslung? Waren Sie derjenige, der meine Seidenblusen mitgenommen hat?»

«Ganz genau. Übrigens auch derjenige, der sie umgehend wieder zurückgebracht hat», betonte Mortimer.

«Du meine Güte, das hatte ich vollkommen vergessen!» Sie stand auf und ging in ein anderes Zimmer, kam aber sogleich mit dem Paket wieder. Darauf stand in roter Schrift *Kozlowski's Cleaners*. «Hier haben wir es doch», sagte sie. «Es lag die ganze Zeit auf meiner Schlafzimmerkommode; ich bin bisher noch nicht dazu gekommen, es zurückzubringen. Ständig Dienst im Museum, wissen Sie? Die Kollegen sind alle krank.» Sie lächelte ihn an, und Mortimer konnte nicht anders, er musste das Lächeln erwidern. Es war einfach zu warm und herzlich. «Ich bessere mir ein wenig die Rente auf. Seit Berties Tod habe ich ja sonst nicht viel zu tun.»

Mortimer nickte mechanisch. Nichts zu tun zu haben, leere Tage, ja, das kannte er nur zu gut. Er spürte, wie sein Misstrauen verflog. Diese Frau konnte keine Diebin sein, jedenfalls keine, die mit Vorsatz handelte. Es war ihm recht, sogar mehr als das, dass sie wieder als unschuldig gelten konnte.

«War das die Frage, die Sie mir stellen wollten, oder haben Sie noch etwas anderes auf dem Herzen, Mr. Hicks?», fragte sie jetzt.

«Hm», machte Mortimer, der nicht wusste, was er darauf sagen sollte. «Eigentlich bin ich jetzt zufrieden.»

«Na, dann können Sie mir ja endlich meine wichtige Frage beantworten.»

Mortimer setzte sich unwillkürlich kerzengerade hin. Was kam jetzt?

«Die Scones. Erst die Marmelade oder erst die Sahne?», lächelte sie.

«Erst die Marmelade», erwiderte er.

«Da bin ich aber froh», sagte sie, «denn sonst hätte ich Sie umgehend verabschieden müssen, ehe unser Kontakt womöglich tiefer wird.»

Mortimer musste lächeln. Hier am Küchentisch bei dieser freundlichen und ansehnlichen Dame, bei frisch gebackenen Scones und Tee, war ihm, als senkte sich eine dicke, duftende, flauschige Decke über ihn, die ihn wärmte und entspannte. Und er beschloss, dieses unerwartete und angenehme Gefühl, das er so lange nicht mehr gespürt hatte, einfach zu genießen.

Gwendoline erwies sich als unterhaltsame Gesprächspartnerin. Sie erzählte von ihrem Rentnerdasein, ihrer Arbeit im Museum, die ihr viel Spaß machte, weil sie außerdem noch die Veranstaltungen für Kinder leitete, und sie sprachen über den alten Kozlowski und seine Reinigung.

«Ich habe auch den Eindruck, dass der Gute etwas nachlässt», bemerkte Gwendoline. «Diese chemischen Dämpfe in so einer Reinigung sind bestimmt nicht gesund für den Kopf.»

«Das scheint mir auch so», erwiderte Mortimer. «Und er ist ja auch nicht mehr der Jüngste.»

«Wahrscheinlich ist er jünger als wir», wandte Mrs. Berrycloth ein, «aber alt werden ja immer nur die anderen.»

Leider forderten inzwischen der Tee und das viele Mineralwasser ihr Recht. Es war dumm von ihm gewesen, dass er nicht schon längst aufgebrochen war. Jetzt musste er nach der Toilette fragen – wie außerordentlich unangenehm. Aber sonst würde er es auf keinen Fall mehr nach Hause schaffen. «Dürfte ich …», Mortimer räusperte sich. «Könnte ich vielleicht einmal austreten?»

«Sie möchten frische Luft? Ich öffne sofort ein Fenster!», sagte Mrs. Berrycloth und stand auf. «Nicht, dass Ihnen wieder unwohl wird.»

«Nein, nein … ahem, ich …» Mortimer spürte, dass er rot wurde.

«Ah, verstehe! Sie möchten die Toilette benutzen. Aber natürlich. Es ist die zweite Tür links auf dem Flur.»

Vorsichtig betrat er die kleine, rosa gekachelte Toilette. Was für eine Erleichterung! Er setzte sich auf die Brille, verrichtete sein Geschäft, bückte sich, um seine Socken hochzuziehen – und spürte einen heftigen Schmerz im Rücken. Er rieb die Stelle und versuchte, sich irgendwie in die Senkrechte zu winden, aber sein Rücken war steif wie ein Brett. Er konnte sich nicht mehr aufrichten, egal, wie sehr er sich bemühte.

Jetzt hatte er ein echtes Problem. Er überlegte fieberhaft. Wie sollte er hier je wieder herauskommen? Er konnte ja wohl kaum um Hilfe rufen. Diese Frau würde ihn doch niemals wieder anschauen, geschweige denn mit ihm reden, wenn sie ihn so sah! Mortimer beschloss, sich einfach tot zu stellen, blieb regungslos sitzen und zählte die winzigen Bodenfliesen.

Nach etwa einer halben Stunde, er war gerade bei zweihundertsiebenundachtzig angekommen, weil er sich mehrmals verzählt hatte und immer wieder von vorn beginnen musste, klopfte es leise an die Badezimmertür. «Mr. Hicks? Ist alles in Ordnung?», fragte Mrs. Berrycloth. «Bitte sagen Sie doch etwas, damit ich sicher sein kann, dass Sie noch bei Bewusstsein sind!»

Was sollte er jetzt tun? Ihm fielen nur fadenscheinige Ausreden ein, also beschloss er, bei der unangenehmen Wahrheit zu bleiben.

«Ich, äh … ich stecke fest. Sozusagen», sagte er leise.

«Sie stecken fest? Wo stecken Sie denn fest?», fragte Mrs. Berrycloth. Du meine Güte, das wurde ja immer peinlicher. «Na ja, genau genommen stecke ich nicht fest, sondern bin gelähmt.»

«Sie sind gelähmt? Ach du liebes bisschen! Warten Sie, ich rufe sofort den Krankenwagen!»

«Das ... äh ... ist sicherlich nicht notwendig. Ich ... ähm ... habe nur einen ... ich glaube, ich habe mir am Rücken etwas verzogen. Vielleicht ist es ein Hexenschuss.»

Hinter der Tür wurde es ganz still. Jetzt hatte er sich vollkommen und unwiderruflich lächerlich gemacht.

«Schließen Sie doch bitte die Tür auf, lieber Mr. Hicks. Dann kann ich Sie aus Ihrer Zwangslage befreien», bat Mrs. Berrycloth. Mortimer zog sich unter Aufbietung all seiner akrobatischen Fähigkeiten zumindest die Hose hoch, um seine Blöße zu bedecken, und beugte sich vor, um die Tür zu öffnen. Er wagte es nicht, den Blick zu heben – ganz abgesehen davon, dass er das auch gar nicht gekonnt hätte.

«Sie armer, armer Kerl», sagte Mrs. Berrycloth über ihm. «Warten Sie, ich hebe Sie hoch. Legen Sie Ihre Arme hier hin, ja genau, dann können Sie sich auf mich stützen, und ich führe Sie zum Sofa, wo Sie sich ausstrecken können.» Mit ihrer Hilfe schlich Mortimer vorsichtig ins Wohnzimmer, wo er sich bäuchlings aufs geblümte Sofa legte.

«Ich gehe schnell und mache eine Wärmflasche. Das hilft

immer», verkündete Mrs. Berrycloth. Zehn Minuten später kam sie mit einer in ein rosafarbenes Tuch gehüllten, gluckernden Wärmflasche wieder und legte sie ihm auf den Rücken. «So, jetzt warten wir eine halbe Stunde, und ich möchte wetten, dass Sie sich dann wieder bewegen können. Mein Bertie hatte das auch oft, aber es hielt nie lange an.»

Eine Dreiviertelstunde später konnte Mortimer tatsächlich wieder sitzen und sogar aufstehen, wenn auch ein wenig krumm. «Wissen Sie was, Mr. Hicks?», sagte Mrs. Berrycloth. «Wir beide gehen jetzt schön langsam zusammen nach unten ins Ten Bells und genehmigen uns ein Bier. Das entspannt, und dann sind Sie bald wieder ganz der Alte», sagte Mrs. Berrycloth. Mortimer öffnete den Mund, um abzulehnen, aber sie wedelte seine Einwände einfach fort. «Keine Widerrede. Ein gutes Pint ist immer noch die beste Medizin. Mal abgesehen von einer guten Tasse Tee. Aber die hatten Sie ja schon.»

Das Ten Bells an der Crispin Street gegenüber des Old Spitalfields Market war eine typische Londoner Kneipe mit kunstvoll bemalten Fliesen an den Wänden, einer langen Mahagonibar und runden verzierten Tischen. In der hinteren

Ecke standen ein Schlagzeug, ein Keyboard und ein Mikrophon, die allerdings etwas eingestaubt wirkten. Der Wirt an der Bar polierte gerade Gläser und nickte Mrs. Berrycloth zu, als sie eintraten. «Auch wieder da, Gwen? Durstig?», rief er und grinste über das ganze Gesicht.

«Aber wie! Für mich ein halbes Lager mit Lime», erwiderte Mrs. Berrycloth. «Mein rückenkranker Begleiter hier hätte gern etwas Stärkeres. Er hat heute schon so einiges hinter sich.» Dabei zwinkerte sie Mortimer zu, der etwas befangen und gekrümmt neben ihr stand.

«Ah, Hexenschuss, was?», fragte der Wirt freundlich. «Da ist ein Stout genau das Richtige.» Er machte sich an den Zapfhähnen zu schaffen. Mrs. Berrycloth führte Mortimer an einen freien Tisch, nahm dann an der Bar die beiden Gläser in Empfang und trug sie zu ihrem Platz herüber. «Na, dann Prost», sagte sie und hob ihr Glas. «Auf die Gesundheit! Und auf unsere Bekanntschaft.» Mortimer nickte und hob ebenfalls sein Glas.

«Gibt's hier etwa nichts mehr zu trinken, oder was?», rief ein rotgesichtiger Mann, der mit drei anderen an einem Nebentisch saß und eindeutig deren Wortführer zu sein schien. «Hier kann man ja verdursten! Eine Runde für uns, Malcolm, aber zackig!»

Das mussten Stammkunden sein. Jeder Wirt, der etwas auf sich hielt, würde einen neuen Gast, der sich derart laut benahm, geflissentlich ignorieren. Stattdessen machte sich Malcolm jetzt auf den Weg zum Tisch des Rotgesichtigen. «Na, Jungs, was sitzt ihr denn heute schon so früh hier?»

«Wir haben unsere Jobs bei der Bahn verloren, ist jetzt offiziell. Personaleinsparungen.» Der Rotgesichtige seufzte.

«Tut mir wirklich leid, Matt», erwiderte der Wirt. «Die nächste Runde geht auf mich.» Die Biertrinker brummelten dankbar.

«Es ist ein Elend», sagte Mrs. Berrycloth leise zu Mortimer. «Die Männer tun mir so leid. Alles fleißige, ordentliche Kerle. Haben jahrzehntelang geschuftet, und jetzt nehmen sie ihnen einfach so ihre Jobs weg.» Sie nahm einen Schluck von ihrem Getränk. «Bertie hat früher oft mit ihnen getrunken. Dies hier ist eigentlich seine Stammkneipe gewesen.» Sie sah Mortimer an. «Bertie ist übrigens seit sieben Jahren tot. Herzinfarkt. Jetzt liegt er auf dem Tower-Hamlets-Friedhof.»

Er schaute sie überrascht an. «Meine Marge liegt dort auch! Sie ist auch vor sieben Jahren gestorben. Krebs.»

«Es dauert ziemlich lange, bis man mit der Trauer und der Einsamkeit leben kann, nicht wahr?», sagte Mrs. Berrycloth. Sie schaute nachdenklich in ihr Glas. «Wenn ich allerdings ganz ehrlich bin, war es gewissermaßen auch eine Erleichterung, als er tot war.»

Mortimer blickte überrascht auf.

Mrs. Berrycloth lächelte. «Was mich angeht, so gibt es keinen Grund mehr, traurig zu sein», setzte sie ernsthaft hinzu. «Wir hatten unsere guten Jahre, und ich habe ihn einmal sehr geliebt, aber Bertie konnte ganz schön jähzornig werden. All die Unzufriedenheit in seinem Job – er war Buchhalter bei der Bahn.» Sie nickte in Richtung der Männer. «Die da hinten sind praktisch seine Kollegen. Und immer hieß es, seine Stelle würde wegrationalisiert werden. Er hatte ständig Angst. Am Ende konnte er dann doch noch seine fünfundvierzig Betriebsjahre vollmachen, aber er fühlte sich immer bedroht. Und es ist ja nun nicht so, dass seine Rente üppig gewesen wäre.» Sie verzog das Gesicht. «Ich glaube, er dachte immer, sein Leben hätte besser verlaufen können. Einschließlich unserer Ehe.»

«Tun wir das nicht alle?», fragte Mortimer.

«Ich nicht. Ich finde mein Leben eigentlich sehr schön. Außerdem bin ich zu alt für schlechte Laune», sagte sie und lächelte so fröhlich, dass sich ihre Haut in tausend winzige Fältchen legte und ihre Augen strahlen ließ wie zwei schwarze Sonnen.

«Hm. Das hat mich noch nie davon abgehalten», versetzte Mortimer, ohne darüber nachzudenken, was er da sagte, und Mrs. Berrycloth lachte laut.

«Sie sind ja ein Spaßvogel! Mr. Hicks, da wir ja nun in einer ähnlichen Lage sind, beide verwitwet, und sogar schon die Wäsche getauscht haben – wie wäre es da, wenn wir uns duzten? Ich heiße Gwendoline. Meine Freunde nennen mich Gwen.»

Mortimer spürte, wie er sich entspannte – vom Bier, von der Gegenwart dieser hübschen Frau und davon, dass sie ihm das Du anbot. Es fiel ihm kein vernünftiger Grund ein, ihren Vorschlag abzulehnen, also nickte er. «Ich heiße Mortimer. Meine Freunde nennen mich Mortimer.» Wie dumm das klang. Außerdem hatte er ja gar keine Freunde. Aber Gwen lachte wieder, und er freute sich, dass er immerhin in der Lage war, sie zum Lachen zu bringen.

Inzwischen hatten sich drei Männer in der Ecke mit den Instrumenten versammelt. Der Kleinste setzte sich ans Keyboard, wobei seine Füße nicht einmal den Boden berührten, der andere, der ausgesprochen groß war und eine Glatze hatte, schnallte sich eine E-Gitarre um, und der Dritte stellte sich ans Mikrophon. Er trug einen blassrosa Anzug mit bunt gemusterter Krawatte und hatte sich das wellige weiße Haar kunstvoll zu einer Tolle frisiert. Das Mikrophon knisterte und fiepte, er klopfte dagegen. «Guten Abend, liebe Gäste», sagte er mit volltönender Stimme. «Wir erlauben uns, Sie ein wenig zu unterhalten mit unserem Potpourri der größten Hits!» Und dann sang er auch schon los, «The Last Waltz» von Engelbert, und ein junges Paar an einem der hinteren Tische stand auf, schmiegte sich aneinander und wiegte sich im Takt. Gwendoline schaute ihnen zu, und Mortimer hatte den Eindruck, es läge etwas Sehnsüchtiges in ihrem Blick. Du lieber Gott, hoffentlich wollte sie nicht tanzen! Er war nie ein guter Tänzer gewesen und hatte seit vierzig Jahren nicht mehr auf einem Tanzparkett gestanden – und jetzt hatte er es auch noch mit dem Rücken. Aber sie sah so froh und voller Erwartung aus. Wie ein junges Mädchen auf seinem ersten Ball, das sich wünschte, aufgefordert zu werden. Also stemmte er sich mühsam mit den Händen hoch und deutete eine Verbeugung an, die wegen seines verzogenen Rückens leider viel zu tief ausfiel. «Darf ich bitten?», krächzte er und räusperte sich. Hoffentlich machte er sich hier nicht vollkommen zum Affen. Mit spontanen Ideen hatte er in seinem Leben bisher nur schlechte Erfahrungen gemacht. Gwendoline riss erfreut die Augen auf. «Tanzen? Mortimer, kannst du das denn schon? Mit deinem Rücken?»

«Wir werden es eben versuchen», erwiderte er und kam sich sehr heldenhaft vor. Sie strahlte, und er humpelte langsam mit ihr auf die Fläche zwischen den hinteren Tischen und der Bar, auf der sich das junge Paar bewegte. Dann zog er sie an sich, und sie begannen, sich vorsichtig im Takt zu wiegen.

Es war wunderbar. So gut hatte sich Mortimer seit Jahrzehnten nicht mehr gefühlt. Die Stimme des Sängers klang weich und warm, das Lied war angenehm langsam, Gwendolines Körper an seinem fühlte sich rund und fest und appetitlich an. Sie duftete ganz dezent nach Veilchen und schmiegte sich an ihn, gemeinsam fanden sie den Takt der Musik. Er hätte seine Gefühle nicht in Worte fassen können, aber er spürte so etwas wie Glück. Ein berauschendes, allumfassendes, vollkommen überraschendes Glück.

Gegen Ende des dritten Liedes hätte sich Mortimer nur zu gern wieder hingesetzt – sein Rücken begann, wieder zu schmerzen –, aber er wollte den Zauber des Abends auf keinen Fall zerstören. Gwendoline merkte, dass seine Bewegungen steifer wurden, und führte ihn zurück zum Tisch, unter dem Applaus der Männer vom Nebentisch. «Gut gemacht, ihr Turteltäubchen!», rief der Rotgesichtige, und seine Kumpane lachten. Gwendoline lachte mit. «Es hat auch großen Spaß gemacht!», sagte sie und holte noch eine Runde Getränke.

«Dasselbe noch mal, Mortimer?», rief sie vom Tresen herüber. Es war Mortimer peinlich, dass er nicht selbst gehen konnte, immerhin trank er auf ihre Kosten, aber sein Rücken brauchte dringend ein wenig Ruhe.

«Nächstes Mal», sagte er, als sie sich wieder setzte und das Pint Stout vor ihn hinstellte, «lade ich dich aber ein.»

«Ich freue mich sehr, wenn es ein nächstes Mal gibt», erwiderte Gwendoline und sah ihm direkt in die Augen, sodass er zum zweiten Mal an diesem Tag ganz rot wurde.

Am nächsten Morgen wachte er pünktlich um sieben Uhr auf, trotz der drei Gläser Stout, die er im Pub getrunken hatte. Er hatte wie ein Stein geschlafen und fühlte sich so frisch und kräftig wie seit Jahren nicht mehr. Bei der Erinnerung an den Tanz mit Gwendoline musste er lächeln. Aber jetzt hatte ihn der Alltag wieder, und das bedeutete: aufstehen, Hausarbeiten verrichten, den Zeitplan einhalten. Als Erstes gab er Bob eine Dose Katzenfutter. Der Kater fraß wirklich mit außerordentlich gutem Appetit. Er hatte gehörig zugelegt und sich einen ordentlichen Bauch angefuttert. Vielleicht sollte er ihn auf Diät setzen, damit er nicht zu fett wurde? Dann machte er sich und Marge einen Tee, wobei er ihren Zucker vergaß. «Tut mir leid, Marge. Ich bin ein bisschen zerstreut in letzter Zeit.»

Er putzte und ging einkaufen und aß und machte seinen Nachmittagsspaziergang, und als er am Abend in seinem Ledersessel saß und sein Kreuzworträtsel löste, hatte er das Gefühl, sein Leben wieder im Griff zu haben. Oder hatte das Leben ihn im Griff? Das war die Frage. Denn wenn er ehrlich war, waren die letzten Tage zwar aufreibend und anstrengend, aber auch belebend gewesen. Seit Marges Tod hatte er sich nicht mehr so – lebendig gefühlt. Es war, als hätten sich die Tore eines Gefängnisses einen Spalt weit geöffnet, in das er sich freiwillig begeben hatte, weil ihm die Welt da draußen so beängstigend erschienen war.

Wenn er an Marge dachte, zwickte ihn das schlechte Gewissen, immerhin war er gestern Abend mit einer anderen Frau ausgegangen. Hätte er während ihrer Ehe mit einer anderen Frau in einem Pub getanzt, dann wäre das schon ein gewisser Verrat gewesen. Deshalb hätte er das auch niemals getan, abgesehen davon, dass er ohnehin niemals in Pubs gegangen war. Was Marge wohl gesagt hätte, wenn sie ihn gestern gesehen hätte? Aber nützte es Marge etwas, wenn er sich vergrub? Sicher nicht. Sie würde weiter in ihrem Grab liegen,

sie würde nichts davon wissen, er würde sie damit nicht verletzen.

Mortimer stand ächzend aus seinem Lehnstuhl auf, legte
die Zeitung beiseite und nahm den Hörer des Telefons auf.

«Mortimer hier. Ja, Mortimer Hicks», sagte er, als sich am
anderen Ende der Leitung jemand meldete. «Guten Abend,
Gwendoline. Ich wollte fragen, ob du vielleicht die Zeit finden könntest, morgen mit mir eine Runde spazieren zu gehen.
Wir könnten hinterher noch einen Tee trinken.»

Zwei Wochen bis Weihnachten

Mortimer holte Gwendoline um Punkt vier Uhr vor ihrem Haus ab, und sie unternahmen ihren Nachmittagsspaziergang gemeinsam. Es war windig, das trockene Laub auf den Straßen wurde immer wieder aufgewirbelt, und Gwendoline musste ihre Mütze festhalten, damit sie nicht wegwehte. Sie wanderten durch die Brick Lane hinunter zum Yachthafen an den St.-Katharine-Docks. Dort kehrten sie in ein kleines Café mit Blick aufs Wasser ein, wo sie sich einen wärmenden Tee bestellten. Gwendoline riet Mortimer zu einer Scheibe des köstlichen Zitronenkuchens, den sie hier selbst buken. Als er den ersten Bissen davon gekostet hatte, war es ihm, als explodierten die Geschmäcker in seinem Mund: Es war süß und säuerlich und ein wenig bitter zugleich, ein Stück Sommer im nassen Londoner Winter. Er war begeistert, und Gwendoline freute sich darüber.

«Ich finde es schön, dass du auch so gern spazieren gehst», sagte sie. «Bertie wollte eigentlich nie aus seinem Sessel aufstehen. Zuletzt wurde er wirklich immer griesgrämiger.»

«Aber jeder muss einmal am Tag rausgehen. Das ist eine Regel», wandte Mortimer ein und konnte sich gerade noch bremsen, belehrend den Zeigefinger zu heben.

«Das ist wahr. Bertie sah das allerdings anders. Als ich ihn kennenlernte, war er ein fescher junger Mann, schlank und unternehmungslustig, mit vielen Interessen. Aber dann wurde er immer mürrischer und dicker.»

Mortimer schaute sie erschrocken an.

Gwendoline sah seinen Gesichtsausdruck und lächelte. «Na ja, es ist doch so: In einer so langen Ehe – und wir waren immerhin fünfundvierzig Jahre lang verheiratet – einigt man sich irgendwann auf den kleinsten gemeinsamen Nenner, sozusagen. Man tut nur noch das, wovon man weiß, dass es dem anderen nicht gegen den Strich geht. Dass es ihn weder überfordert noch verunsichert oder allzu sehr überrascht. Und dann sitzt man abends nebeneinander und schweigt, weil man sich nichts mehr zu erzählen hat.» Sie kicherte. «Das ist auf die Dauer ganz schön langweilig, kann ich dir sagen.»

Mortimer war bestürzt. Langweilig! Konnte es sein, dass sich Marge mit ihm auch gelangweilt hatte so wie Gwendoline mit Bertie? Er hatte zuletzt kaum mehr etwas mit ihr gemeinsam unternommen, sich immer nur darauf verlassen, dass sie schon zu Hause sein und mit dem Abendessen auf ihn warten würde. Ihm hatte das vollkommen gereicht: die Arbeit, das gemeinsame Essen mit Marge, am Wochenende ein Feierabendbier. Zu Beginn ihrer Ehe hatten sie im Sommer in Brighton Urlaub gemacht, immer zehn Tage lang. Sie waren mit ihrem Auto ans Meer gefahren und hatten dort eigentlich dasselbe getan wie zu Hause auch, nur ohne die Arbeit. Und irgendwann hatten sie auch das gelassen. Hatte die arme Marge sehr darunter gelitten? Oder hatte sie ihn so sehr geliebt, dass sie an seiner Seite geblieben war, obwohl es nicht das Leben war, das sie sich erträumt hatte?

Ihm stiegen die Tränen in die Augen.

«Bin ich dir zu nahe getreten, Mortimer?», fragte Gwendoline mitfühlend und legte sanft ihre Hand auf seine.

«Nein, nein», sagte er und schüttelte den Kopf, um die trüben Gedanken loszuwerden. Sollte er Gwendoline von seinen Überlegungen erzählen? Nein, das konnte er nicht, dann wüsste sie sofort, dass er ein ebensolcher Langweiler war wie Bertie. Er musste unbedingt sofort das Thema wechseln. «Hast du Kinder, Gwendoline?»

Jetzt verdüsterte sich Gwendolines Gesicht, und Mortimer bereute seine Frage sofort. Hätte er doch nur den Mund gehalten! Er war einfach nicht geschickt in solchen Dingen.

Verunsichert beschäftigte er sich mit den Kuchenkrümeln auf seinem Teller.

Gwendoline schwieg ebenfalls. Um sie herum plauderten die Leute, eine Espressomaschine zischte, Geschirr klapperte, ein Baby schrie. Schließlich sagte sie: «Ja, ich habe eine Tochter. Sie ist nicht mein leibliches Kind – Bertie und ich konnten keine Kinder haben. Wir haben sie adoptiert, als sie drei Jahre alt war. Ein süßes kleines Mädchen, aus dem eine wunderbare junge Frau geworden ist, ich liebe sie sehr.» Sie schaute in ihren Tee. «Aber ich habe wohl den Zeitpunkt verpasst, ihr zu sagen, dass sie adoptiert ist. Seit sieben Jahren will sie keinen Kontakt mehr zu mir. Sie fühlt sich belogen.» Ihre Augen füllten sich mit Tränen. «Nicht einmal zu Weihnachten möchte sie mich sehen», sagte sie.

Du liebe Güte, was hatte er da nur angerichtet! Jetzt weinte diese liebe und fröhliche Frau! Er nahm ihre Hände in seine und gab Geräusche von sich, die beruhigend wirken sollten. Dazwischen murmelte er Sätze wie «Das wird schon wieder» und «Das ist doch nicht so schlimm», obwohl er aus eigener Erfahrung wusste, dass normalerweise gar nichts von alleine wieder wurde und dass manche Dinge ganz genau so schlimm waren, wie man sie empfand. Schließlich fasste sich Gwendoline wieder, zog ein Taschentuch hervor und tupfte sich die

Augen ab. «Es tut mir leid, Mortimer», sagte sie. «Jetzt habe ich dich mit meinen Familienproblemen belästigt.»

«Schon gut, schon gut», murmelte Mortimer. «Das musste wohl mal raus.»

Gwendoline lächelte schon wieder. «Ja, raus musste es wohl. Ich habe meiner Tochter einen Brief geschrieben und sie gefragt, ob wir dieses Weihnachten nicht wieder miteinander reden wollen. Ich würde so gern meinen Enkel kennenlernen. Vielleicht reagiert sie ja darauf.»

«Enkel?», fragte Mortimer und schaute auf.

«Er heißt Charles. Und ich habe ihn noch nie gesehen.»

«Charles?» Er biss sich auf die Zunge. Er plapperte alles nach wie ein Papagei.

Gwendoline nickte. «Ich weiß nicht einmal, wie er aussieht. Mit dem Vater ist Jenny wohl nicht mehr zusammen. Sie arbeitet als Krankenschwester.»

Mortimer hatte das Gefühl, mit voller Wucht gegen eine Wand gelaufen zu sein. Jenny und Charles. Gwendoline. Jenny, die Krankenschwester, die keine Betreuung für ihren Sohn fand. Er konnte beinahe hören, wie die Puzzleteilchen klackernd an ihren Platz fielen. Gwendoline war Jennys Mutter und Charlies Großmutter! Aber wie um alles in der Welt sollte er sich jetzt verhalten?

Er musste versuchen, möglichst unbeteiligt zu wirken. Auf keinen Fall durfte er Gwendoline verraten, dass er Jenny und Charlie kannte. Das würde sie nur noch mehr verletzen. Möglicherweise würde sie wollen, dass er vermittelte. Aber Jenny wollte den Kontakt ganz offenbar nicht, das musste man akzeptieren. Unwillkürlich seufzte er. Es gab nichts daran zu rütteln, er saß zwischen den Stühlen. Hoffentlich endete das alles nicht in einer riesigen Katastrophe.

Zwölf Tage bis Weihnachten

In den nächsten Tagen hatte Gwendoline Dienst im Museum, und Mortimer kümmerte sich um Charlie. Der Kleine wiederum kümmerte sich hingebungsvoll um Bob, der schnurrend um seine Beine strich. «Onkel Mortimer, Bob ist ja ganz schön dick geworden!», bemerkte er.

«Meinst du, wir sollten ihn auf Diät setzen?», fragte Mortimer nachdenklich.

«Diät? Das heißt, dass er weniger essen darf?», fragte Charlie. «Mummy sagt, dass manche Patienten in ihrem Krankenhaus auf Diät gesetzt werden. Dann kriegen sie nur Porridge.»

«Na, Haferflocken sind ja nun gar nichts für Katzen», erwiderte Mortimer. «Wir lassen wir ihn vielleicht einfach in Frieden. Was hast du denn heute noch vor?»

«Können wir wieder ins Museum gehen?»

Mortimer dachte nach. Er hätte Gwendoline gern besucht, aber er konnte ja schlecht mit Charlie kommen. Sie wusste, dass er und Marge keine Kinder gehabt hatten, daher konnte er keinen Enkel aus dem Hut zaubern, abgesehen davon, dass er nicht nur selbst lügen, sondern auch Charlie dazu hätte bringen müssen.

«Das Museum ist heute keine gute Idee, Charles. Wir gehen in den Park.»

«Aber heute regnet es nicht nur, es stürmt auch noch! Als wir das letzte Mal nicht in den Park gegangen sind, war das Wetter viel besser!», wandte Charlie ein, und Mortimer sah mit Entsetzen, dass seine Unterlippe zu zittern begonnen hatte. Außerdem hatte der Junge recht, es war grauenvolles Wetter draußen. Er überlegte. Und wenn er Gwendoline erzählte, Charlie sei der Sohn einer Bekannten? Das entsprach rein technisch gesehen der Wahrheit und würde Gwendolines Gefühle schonen. Grund genug für eine kleine Flunkerei, fand er.

Gwendoline war sichtlich erfreut, als sie plötzlich vor ihr standen. «Mortimer!», rief sie. «Das ist ja eine schöne Überraschung!» Und an Charlie gewandt fragte sie: «Und wer ist dieser nette junge Herr?»

«Ich heiße Charlie!», krähte Charlie, ganz stolz auf die erwachsene Anrede, und lächelte die freundliche Frau in der dunkelblauen Uniform mit seiner riesigen Zahnlücke an.

«Guten Tag, Charlie. Mein Enkel heißt auch so, weißt

111

du?», sagte Gwendoline. «Kommt mal mit, ich kann euch etwas ganz Tolles zeigen.» Charlie legte vertrauensvoll die Hand in ihre, und Gwendoline führte sie herum, erzählte ihnen Einzelheiten zu Charlies Lieblingsthemen (der Große Londoner Brand und die Viktorianische Zeit), zeigte ihnen aber auch Stücke, die noch für die Ausstellung vorbereitet wurden. Mortimer war beeindruckt von Gwendolines profundem Geschichtswissen. Fasziniert sah er sie an, wenn sie erklärte und gestikulierte. Er spürte, dass sich etwas in ihm verändert hatte. Es war, als hätte sich sein Herz geöffnet, das so lange verschlossen gewesen war, und ließe eine frische Frühlingsbrise herein. Es fühlte sich einfach unvergleichlich gut an.

Auch Charlie schien es zu bemerken. Er stupste ihn in die Seite, als Gwendoline sich gerade zum Gehen gewandt hatte, weil sie eine Wärterin in einem anderen Saal ablösen musste. «Mr. Hicks», flüsterte er, «du guckst die Tante immer so komisch an. Fast wie Mummy, wenn sie Doktor Ravi anguckt. Dann wird ihr Blick auch immer so schwach.»

«Ravi? Ist das etwa der Arzt aus dem Krankenhaus, in dem deine Mutter arbeitet?», fragte Mortimer.

«Ja, er hat uns mal besucht, weil er Akten abholen musste, aber ich glaube, das stimmte gar nicht. Sie haben die ganze

Zeit zusammen am Küchentisch gesessen und gar nicht ge-merkt, dass die Milch für den Tee übergekocht ist. Das hat vielleicht gestunken! Mummy musste danach den ganzen Herd putzen. Und der Mann hat mitgeputzt, und am Ende haben sie auf dem Boden gesessen und gelacht und sich so komisch angeguckt. Genau wie du gerade die Museumsfrau anguckst.»

Mortimer war empört. Schon wieder dieser unflätige jun-ge Arzt, der ihn für einen senilen Greis hielt! Das wurde ja immer bunter.

Zehn Tage bis Weihnachten

Am Sonntag stand Mortimer erneut um Punkt sechs vor Jennys Haustür. Er hielt einen kleinen Blumenstrauß in der Hand, der leider ein wenig jämmerlich wirkte, aber Rosie's Roses an der Ecke hatte zu dieser Jahreszeit keine große Auswahl.

Erneut rückte er die schiefe Hausnummer zurecht – jemand musste mal einen Bohrer in die Hand nehmen und sie fachmännisch befestigen – und drückte die Klingel. Sofort öffnete Charlie die Haustür – er musste direkt dahinter gehockt und auf ihn gelauert haben. «Mr. Hicks! Heute haben wir in der Schule Mlutipikation gelernt! Und ich war der Beste!», rief er und hüpfte aufgeregt auf und nieder.

«Das ist ja wunderbar!», sagte Mortimer. Er war tatsächlich ein bisschen stolz auf den kleinen Jungen und strich ihm über das Haar. Die letzten Tage hatte er sich richtiggehend auf diese Einladung gefreut, hatte summend und pfeifend sein Haus geputzt, Bob gestreichelt und sogar wieder bei Kozlowski vorbeigeschaut. Das mit den Hemden war nur ein einmaliger Ausrutscher gewesen, immerhin hatte sich Kozlowski in den Jahrzehnten zuvor niemals etwas zuschulden kommen lassen. Und der alte Kozlowski hatte ihm zur Entschuldigung einen Gutschein für fünf Hemdenreinigungen gegeben, da wollte er mal nicht so nachtragend sein.

Jenny hatte einen Auflauf mit Kartoffelbrei und Hackfleisch angekündigt, Mortimers Leibgericht.

«Mr. Hicks!», rief Jenny aus der Küche. «Willkommen! Ich habe hier ein paar Problemchen …» – man hörte Geschirrklappern, ein Krachen und einen Fluch – «… aber ich glaube, ich komme schon zurecht. Machen Sie es sich doch schon mal im Wohnzimmer gemütlich. Sie kennen ja den Weg!»

Mortimer setzte sich an den Esstisch und ließ sich von Charlie ein Glas Limonade einschenken. «Das ist meine Limonade!», verkündete der Kleine. «Aber dir gebe ich was davon ab. Schmeckt ganz toll! Probier mal!»

Mortimer nahm einen Schluck von der knallgelben Brühe und verzog sofort das Gesicht. «Bisschen süß, meinst du nicht?», fragte er und unterdrückte einen kleinen Rülpser.

«Das ist ja das Tolle!», versetzte Charlie ernsthaft.

«Ich glaube, ich halte mich da doch lieber an die Erwachsenengetränke …», sagte Mortimer.

«Erwachsenengetränke, stimmt ja!», rief Jenny, die jetzt in der Tür stand. «Entschuldigen Sie, das hätte ich fast vergessen. Der Wein kommt sofort!»

Sie kehrte mit einer Flasche Rotwein und zwei Weingläsern ins Zimmer zurück, schob einen Stapel Briefe beiseite und setzte sich an den Tisch. Charlie nahm den rosafarbenen Umschlag, der zuoberst lag, in die Hand und fragte: «Mummy, von wem ist der denn? Der riecht so gut.» Er schnüffelte daran. «Nach Blumen. Riech mal, Mr. Hicks», sagte er und hielt Mortimer den Umschlag unter die Nase. Das war unverkennbar Gwendolines Veilchenduft! Und tatsächlich erkannte er nun auch ihren Namen als Absender auf dem Brief. Aber der Umschlag war ungeöffnet. Las Jenny denn gar nicht, was ihre Mutter ihr schrieb? Was war das nur für eine verfahrene Situation zwischen den beiden! Er trank hastig einen Schluck Wein und räusperte sich. Sollte er Jenny auf den Brief ihrer Mutter ansprechen?

«Leg ihn wieder weg, das geht dich nichts an, mein Schatz. Erwachsenenangelegenheiten», sagte Jenny und wandte sich an Mortimer: «Sie sehen aber sehr gut aus, Mr. Hicks!»

«Mir geht es auch gut. Keinerlei Schwächeanfälle mehr. Ich achte jetzt immer darauf, genug zu trinken», sagte Mortimer und hob sein Rotweinglas, um noch einen Schluck zu nehmen. Jenny lachte. «Ich bin nicht ganz sicher, ob das mit dem Trinken wirklich genau so gemeint ist», bemerkte sie.

«Mr. Hicks guckt eine Frau aus dem Museum immer so an, wie du das mit dem Doktor tust, Mummy», mischte sich Charlie ein. «Ihr seht dann immer so aus, als ob ihr euch ganz schwach fühlt.»

«Was redest du denn da?», sagten Jenny und Mortimer wie aus einem Mund. Jenny lachte. «Ich weiß gar nicht, wovon der Junge da spricht.»

«Weißt du genau!», rief Charlie triumphierend. «Und Mr. Hicks weiß das auch!»

Jenny sah Mortimer neugierig an. «Was ist denn da los mit der Frau im Museum?»

«Gar nichts, gar nichts», antwortete Mortimer. Um von sich abzulenken, beschloss er, zum Angriff überzugehen. «Aber als ich im Krankenhaus lag, hatte ich doch den Eindruck, dass Ihnen dieser Arzt ... gefällt.»

«Na, es ist doch eigentlich nichts dagegen einzuwenden, wenn einem jemand gefällt, oder?»

«Schon.» Mortimer schaute auf den leeren Teller vor ihm. «Es ist nur so ...» Er verstummte. «Ich möchte mich natürlich nicht einmischen», sagte er schließlich.

«Jetzt spucken Sie es schon aus. Diese ständigen Andeutungen machen mich noch ganz verrückt», sagte Jenny und verdrehte gespielt verzweifelt die Augen.

«Na ja, dieser Dr. Kapool ... Kapoon ...»

«Kapoor», verbesserte ihn Jenny.

«... dieser Dr. Kapoor ist ja ein gutaussehender Mann.»

«Na und?»

«Und es kommt mir doch so vor, als hätte er es gewissermaßen ... auf Sie abgesehen.»

«Auf mich abgesehen? Inwiefern?»

«Wie er Sie angeschaut hat. Wie ein Habicht die Maus.» Jetzt fand er seine Empörung wieder. «Der hat doch bestimmt keine guten Absichten, so wie der aussieht!»

«Was sind denn Ihrer Meinung nach gute Absichten, Mr. Hicks?»

«Na ... heiraten und Kinder bekommen natürlich.»

Jenny lachte. «Na, ob es so weit kommt, wissen wir natürlich nicht. Aber Sie haben recht, er gefällt mir tatsächlich. Er ist freundlich und gebildet und hilfsbereit. Und wenn ich ihm gefalle, dann umso besser. Aber», damit beugte sie sich vor, «was ist denn mit der netten Dame, die Sie so ‹schwach› angucken?»

Mortimer spürte, wie ihm die Röte ins Gesicht stieg. «Die Dame habe ich im Museum of London kennengelernt.

Mit Charlie. Sie arbeitet dort und hat meine Hemden ge-stohlen.»

Jenny sah ihn ungläubig an. «Sie hat Ihre Hemden ge-stohlen?» Sie schüttelte den Kopf. «Und *Sie* wollen mich vor Dr. Kapoor warnen?»

«Nein, eigentlich hat sie die Hemden nicht gestohlen, das war ja eine Verwechslung», erklärte Mortimer, der selbst hörte, wie wenig überzeugend das klang. «Sie ist eine sehr angenehme Frau. Der alte Kozlowski aus der Reinigung in der Wentworth Street hatte unsere Wäschepakte verwech-selt. So kam das.» Er verstummte verlegen. Er fühlte sich unwohl dabei, Jenny zu verschweigen, dass er wusste, wer Gwendoline war. Es kam ihm vor wie eine Lüge, die immer mehr anschwoll. Aber konnte er sich wirklich in die Bezie-hung zwischen Mutter und Tochter einmischen?

«Sie ist echt nett!», rief Charlie dazwischen.

«Aber das klingt doch ganz wunderbar!», sagte Jenny.

Erneut räusperte sich Mortimer. «Mrs. Curtis, dieser Brief …»

Im selben Augenblick rief Charlie: «Mummy! Es stinkt schon wieder!»

Jenny sprang auf. «Du meine Güte!» Sie rannte in die Küche.

Charlie zuckte mit den Schultern. «Sag ich doch. Das passiert ihr ständig.»

«Sandwiches?», fragte Mortimer.

«Sandwiches», nickte Charlie.

Eine halbe Stunde später servierte Jenny Sandwiches mit würzigem Hackfleisch, gebratenen Zwiebeln und einer köstlichen Soße. Beim dritten Rotwein, Charlie war längst im Bett, prostete Jenny Mortimer zu und sagte: «Lieber Mr. Hicks. Charlie und ich freuen uns sehr, Ihre Bekanntschaft gemacht zu haben. Und wir wollten fragen» – an dieser Stelle strich sie sich verlegen die Haare aus der Stirn – «wir wollten fragen, ob Sie uns die Ehre erweisen würden, mit uns gemeinsam Weihnachten zu feiern. Ich würde ein Weihnachtsmenü kochen, mit allem Drum und Dran.»

Mortimer, der sich schon angenehm beduselt fühlte, blickte überrascht auf. Jenny lächelte ihn warm an. Und Mortimer nickte ergeben zu der Aussicht auf Sandwiches mit etwas Angebranntem zu Weihnachten, denn wenn er ehrlich war, klang das gar nicht so übel.

Sieben Tage bis Weihnachten

Dicke, kalte Tropfen klatschten auf den Asphalt und zerplatzten dort. Mortimer wartete bereits seit einer Viertelstunde auf Gwendoline. Sie hatten sich vor Rosie's Roses verabredet, um ihren nachmittäglichen Spaziergang gemeinsam zu unternehmen. Diesmal wollten sie zum Victoria Park gehen.

Mortimer hatte sich schon den ganzen Vormittag auf die Verabredung gefreut. Es war so schön, nicht mehr allein durch die Straßen zu wandern, sondern die Hand eines anderen in der Armbeuge zu fühlen, die Köpfe zusammenzustecken und zu plaudern. Mit Gwendoline empfand er eine Innigkeit, die er nicht einmal mit Marge gespürt hatte, wie er sich schuldbewusst eingestand – oder vielleicht war sie ihnen auch nur im Laufe ihrer Ehe abhandengekommen.

Mortimer hatte sich in seinen Wolltweedmantel gehüllt und einen Filzhut aufgesetzt. Er fand zwar, dass er damit aussah wie Hercule Poirot, aber es war kalt, und mit einer Stirnhöhlenentzündung war auch nicht zu spaßen.

Zwanzig Minuten stand er jetzt hier. Er ging ein wenig auf und ab, um sich aufzuwärmen. Fünfundzwanzig. Das war ungewöhnlich. Er kannte Gwendoline wirklich noch nicht lange, aber bisher war sie ihm zuverlässig vorgekommen. Bei ihren letzten Treffen war sie sogar überpünktlich gewesen. Dreißig Minuten. Langsam wurde es wirklich merkwürdig. War sie an ihm vorbeigegangen und hatte ihn wegen des Hutes nicht erkannt? Fünfunddreißig. Oder hatte sie die Verabredung vergessen? Vierzig. Die Enttäuschung senkte sich auf ihn wie eine eiskalte Schneelawine und drückte ihn nieder. Eine Dreiviertelstunde war sie jetzt zu spät. Es war bereits dunkel, und er war schon ganz durchgefroren. Er würde nach Hause gehen und sie anrufen. Hoffentlich war ihr nichts passiert.

Er öffnete seine Haustür, und sofort strich ihm Bob um die Beine. Das Katzenvieh war ganz schön anhänglich geworden in der letzten Zeit. Und obwohl er sich irgendwie an seine Gesellschaft gewöhnt hatte, schob er es jetzt mit dem Fuß weg. Er war ein wenig gereizt.

Mortimer zog seinen Mantel aus, ging sofort zum Telefon und wählte Gwendolines Nummer. Es tutete, aber keiner nahm ab.

Übellaunig ging er in die Küche, um sich einen Tee zu kochen. Auch für Marge stellte er eine Tasse hin. «Hab dich in letzter Zeit zu wenig beachtet, meine Marge», murmelte er. «Es tut mir leid. Ich war ein bisschen abgelenkt.» Innerlich schauderte es ihn ein wenig, denn «ein bisschen abgelenkt» war die Untertreibung des Jahrhunderts. Aber er konnte seiner Frau ja wohl kaum gestehen, dass er sich … verliebt hatte. Ja, er hatte sich verliebt.

Er versuchte noch einmal, Gwendoline anzurufen. Wieder nur das einförmige Tuten im Hörer. Ob ihr etwas passiert war? Sollte er bei ihr vorbeigehen, um nach dem Rechten zu sehen? Wenn sie nun gestürzt war? Plötzlich war er wie elektrisiert. Bestimmt lag sie in ihrer Wohnung und konnte sich nicht mehr rühren! Hastig zog er seinen Mantel wieder an und ging im Eilschritt die wenigen Straßen bis zu ihrer Wohnung. Als er gerade die Straße überqueren wollte, sah er sie aus der Haustür kommen. Direkt hinter ihr trat ein Mann auf den Bürgersteig, bei dem sie sich jetzt einhakte. Sie hakte sich bei ihm ein! Mortimer spürte einen Stich in der Magengrube. So war das also. Schon im fortgeschrittenen Alter, aber leistete sich immer noch zwei Verehrer. Womöglich waren es sogar noch mehr!

Empört drehte er auf dem Absatz um und rannte beinahe den ganzen Weg nach Hause.

Völlig außer Atem schloss er die Haustür auf und trat sie mit dem Fuß hinter sich zu, sodass sie krachend zufiel. Er zuckte zusammen. Hoffentlich hatte Ethel Bingham den Krach nicht gehört, sie würde sich sonst sicher beschweren kommen. Aber dann würde er einfach nicht öffnen.

Er zog sich seinen karierten Morgenmantel an und legte sich aufs Bett. Als sich Bob warm an ihn kuschelte und schnurrte, löste sich etwas in ihm, und beinahe hätte er geweint wie ein kleiner Junge. Zum Glück war es schon Zeit für die ersten Schiffsmeldungen. Er schaltete das Radio an, lauschte dem ruhigen Tonfall des Sprechers, und langsam beruhigte er sich ein wenig. Die Welt war nun mal von Grund auf schlecht, das war ja nichts Neues. Kurz hatte er geglaubt, noch einmal eine Chance auf Glück zu haben. Vielleicht war das vermessen gewesen, in seinem Alter. Er würde einfach so weitermachen wie bisher. Das hatte die letzten sieben Jahre ja auch leidlich geklappt.

Vier Tage bis Weihnachten

D rei Tage vergingen, und Gwendoline hatte sich noch immer nicht gemeldet, obwohl Mortimer fast ununterbrochen das Telefon angestarrt hatte, um es mit der Kraft seiner Gedanken zum Klingeln zu bewegen. Einmal hatte es ihm gehorcht, da war er völlig außer Atem vom ersten Stock heruntergerannt und hätte sich dabei beinahe den Hals gebrochen, aber es wollte ihm nur jemand ein Zeitungsabonnement verkaufen. Er las die *Times*, und mehr Papierkram brauchte er nun wirklich nicht, ranzte er den armen Callcenter-Mitarbeiter an, der erschrocken auflegte. Dann ließ er sich erschöpft in seinen Sessel fallen.

Bob schmiegte sich an ihn, als wollte er ihn trösten.

Mortimer hielt sich jetzt wieder streng an seine Tagespläne. Für heute stand das Abstauben der Bücherregale im ersten Stock an, das monatlich fällig war. Die Regale bogen sich unter dem Gewicht der leinen- und lederbezogenen Bände, die Marge im Laufe ihres Lebens angeschleppt hatte, und Mortimer hatte den Verdacht, dass sich dazwischen allerhand

Ungeziefer versteckte. Also zog er sich seine älteste Hose und sein zerschlissenstes Hemd an, bewaffnete sich mit einem Staubwedel und einer Kiste und stieg die Treppe hinauf. Dort holte er sich den kleinen Schemel aus dem Badezimmer und setzte sich vor die Regale. Er fuhr mit dem Staubwedel darüber. Jane Austen, vier Bücher. Emily und Charlotte Brontë. George Eliot. Thomas Hardy. Marge hatte hie und da von ihrer Lektüre erzählt, ihm begeistert Absätze daraus vorgelesen, aber er hatte immer nur mit halbem Ohr zugehört. Evelyn Waugh. Und immer wieder Charles Dickens. Er zog *Eine Weihnachtsgeschichte* heraus und musste unwillkürlich niesen, so staubig war das Buch. Er schlug es auf und las die ersten Sätze auf den vergilbten Seiten: «Marley war tot, damit wollen wir anfangen. Kein Zweifel kann darüber bestehen.» Er rückte die kleine Lampe im Regal näher heran und schaltete sie ein. Und las.

Als es an der Haustür klingelte, schreckte Mortimer aus seiner Lektüre hoch und ging abwesend zur Haustür, um zu öffnen. Jenny stand vor der Tür. «Mr. Hicks!», sagte sie erschrocken, weil er sie aus glasigen Augen ansah. «Sind Sie krank? Geht es Ihnen nicht gut? Hatten Sie wieder einen Schwächeanfall? Trinken Sie genug?» Sie drängte sich an ihm vorbei in den

Hausflur und zwang ihn, sich auf das Sofa zu legen. «Ich hole jetzt erst einmal ein großes Glas Wasser, dann mache ich Ihnen einen Tee.»

«Das ist gar nicht nötig», beteuerte Mortimer und setzte sich auf, nur um von Jenny sanft, aber unnachgiebig wieder in die Horizontale gedrückt zu werden. «Mir geht es wirklich gut. Ich habe nur oben die Bücher abstauben wollen und mich dabei festgelesen. Diese Geschichte von diesem alten Geizkragen und seinen Dämonen war wirklich interessant. Und dann habe ich ein zweites Buch angefangen ...» Er kratzte sich am Kopf. Seltsam. So etwas war ihm noch nie passiert; normalerweise interessierten ihn erfundene Geschichten nicht. Er hielt sich lieber an Fakten. Aber in den letzten Wochen waren so einige merkwürdige Dinge passiert, die sein stabiles Weltbild ins Wanken gebracht hatten.

Jenny sah ihn prüfend an. «So fröhlich wie beim letzten Mal wirken Sie aber nicht», stellte sie fest und setzte sich zu ihm.

Sofort fiel Mortimer wieder die Sache mit Gwendoline ein, die einfach von der Bildfläche verschwunden war. Jenny schien das zu spüren. «Na? Was ist los?», fragte sie und setzte streng hinzu: «Raus mit der Sprache. Ich bin schließlich Krankenschwester.»

Er zögerte. Dann sagte er: «Tja, also, es ist so …» Und er erzählte Jenny von den Treffen mit Gwendoline und ihrem plötzlichen Verschwinden, achtete aber darauf, ihren Namen nicht zu erwähnen. «Sie geht auch nicht ans Telefon. Und ich habe sie putzmunter aus ihrer Haustür gehen sehen. Mit …» – er brachte es kaum über die Lippen – «… mit einem MANN.»

Jenny lachte. «Aber dafür kann es doch tausend Erklärungen geben!», sagte sie. «Und eingehakt mit jemandem zu gehen bedeutet ja erst einmal überhaupt nichts.»

«Überhaupt nichts?», wiederholte Mortimer ungläubig. «Also ich bin in meinem Leben bisher nur mit Marge so gegangen. Und mit … dieser Frau aus dem Museum.»

«Nein, gar nichts», versicherte Jenny. «Aber es bleibt natürlich die Frage, wieso sie sich nicht meldet. Also, ich an Ihrer Stelle würde unbedingt noch einmal zu ihr gehen. Es bringt ja nichts, wenn wir hier herumspekulieren. Da hilft nur Geradlinigkeit.»

Geradlinigkeit. Das ausgerechnet ihm, der hier so herumlavierte und verschwieg, dass er ihre Mutter kannte. Vielleicht sollte er doch alles offenlegen? Aber was, wenn Jenny dann wütend wurde und den Kontakt zu ihm abbrach? Dann konnte er auch Charlie nicht mehr sehen, und der war wirk-

lich ein sehr netter kleiner Junge. Während er noch überlegte, sagte Jenny: «Eigentlich bin ich gekommen, um zu fragen,
ob Ihnen Truthahn zum Weihnachtsessen recht ist. Mit Füllung, nach einem alten Rezept meiner ...» – sie zögerte etwas.
Dann setzte sie hinzu: «... meiner Mutter ...»

Mortimer schluckte. «Das ist mir natürlich recht.»

«Übrigens», fuhr Jenny fort, «kommt auch Dr. Kapoor.»

Mortimer starrte sie entgeistert an. «Dieser Arzt kommt
zu Weihnachten zu Ihnen? Haben Sie ihn denn eingeladen?»

«Selbstverständlich habe ich das. Von allein würde er bestimmt nicht kommen. Er hat hier in London studiert, aber
keine Familie, die lebt in Indien. Und zu Weihnachten soll
niemand allein sein. Das ist schließlich der Gedanke von
Weihnachten, nicht wahr?»

Jetzt, da ihn Jennys Besuch beim Lesen unterbrochen
hatte, beschloss Mortimer, seinen nachmittäglichen Spaziergang heute einmal etwas vorzuziehen, und machte sich
auf den Weg zum Friedhof zu Marges Grab. Er musste einiges mit ihr klären.

Kaum hatte er die Haustür geöffnet, als Ethel Bingham

aus dem blinkenden Haus nebenan trat. Sie trug einen gift-grünen Mantel mit Pelzkragen, der über ihrer ausladenden Oberweite spannte, einen Hut in derselben Farbe und wirkte, als wäre sie einem viktorianischen Historienfilm entsprungen. «Guten Mooorgen!», trällerte sie und watschelte eifrig zum Mäuerchen, das ihre beiden Grundstücke voneinander trenn-te. «Also, ich muss ja schon sagen, Mr. Hicks, viel Sinn für Weihnachten haben Sie ja nicht.» Sie musterte die Fassade seines schlichten Reihenhäuschens abschätzig und fügte dann hinzu: «Ich bin ja der Meinung, dass es eine Pflicht ist, die Geburt unseres Erlösers anständig zu feiern.»

«Das habe ich auch durchaus vor, Mrs. Bingham», er-widerte Mortimer, obwohl er ahnte, dass er sich auf dünnes Eis begab, so neugierig, wie seine Nachbarin war.

«Tatsächlich?», hakte Mrs. Bingham prompt nach und schaute ihn forschend an. «Ach, mit wem denn? Sie feiern doch sonst nie Weihnachten.»

Mortimer überlegte. Eigentlich hasste er es zu lügen, aber er wollte ihr auf keinen Fall die Einladung bei Jenny auf die Nase binden. «Zu einer gelungenen Feier braucht man schließlich nicht viele Leute», sagte er, «sondern nur die rich-tige Stimmung.»

«Pfff», machte Mrs. Bingham verächtlich.

Mortimer wollte sich abwenden und seiner Wege gehen, aber da hatte er nicht mit Ethel Bingham gerechnet. Trotz ihrer Leibesfülle verstellte sie ihm erstaunlich flink den Weg. «Mir sind da so Dinge zu Ohren gekommen», sagte sie, und es klang ein wenig drohend. «Es geht das Gerücht, Sie träfen sich mit einer Frau!» Das Wort *Frau* betonte sie, als handelte es sich dabei mindestens um eine Dame von lockerer Moral, wenn nicht gar um ein Flittchen.

Mortimer sah sie so ausdruckslos an, wie er konnte.

«Was haben Sie dazu zu sagen?» Jetzt ging Mrs. Bingham zum Angriff über.

«Nichts», antwortete Mortimer und versuchte, sich an ihr vorbeizuzwängen.

«Also stimmt es!», rief Mrs. Bingham triumphierend. «Sie haben ein Verhältnis, Mr. Hicks! Und das schon ...» – sie schien kurz nachrechnen zu müssen – «... nur sieben Jahre nach dem Tod Ihrer lieben Frau! Finden Sie das nicht auch ein wenig ... unangemessen? Wie muss sich die liebe Margaret, Gott hab sie selig, dabei fühlen?»

Mortimer wäre am liebsten weggerannt, aber er würde dieser Person wohl oder übel immer wieder begegnen, daher musste er sich zusammenreißen.

«Ich glaube», sagte er so ruhig, wie er konnte, «dass sie

nichts fühlt. Sie ist nämlich tot, wissen Sie? Und Tote fühlen gemeinhin gar nichts.» In Wahrheit war er sich da keinesfalls so sicher, aber er musste diese Landplage unbedingt loswerden. Er schob sie entschlossen aus dem Weg. «Ich dagegen fühle durchaus etwas, und zwar, dass ich jetzt dringend losmuss. Einen schönen Tag wünsche ich Ihnen noch, Mrs. Bingham.»

Damit trat er eilig auf den Bürgersteig und machte sich schnellen Schrittes auf zu seiner Marge. Diese alte Schnepfe hatte ihm gehörig die Petersilie verhagelt mit ihrer Art, ihre dicklichen Finger genau in seine Wunden zu legen.

Die frische Luft kühlte ihn jedoch schnell ab. Der Himmel über London war dunkelgrau, heute würde es gar nicht hell werden. Weil die Temperaturen in der letzten Nacht fast bis auf null gefallen waren, würde es vielleicht sogar schneien.

Als er durch das Tor auf den Friedhof trat, umhüllte ihn sofort wieder die Ruhe und der Frieden dieses verwunschenen Fleckchens Erde. Er setzte sich auf das Mäuerchen neben Marges Grab, zündete drei rote Grabkerzen an und erzählte ihr, was er in den letzten Tagen erlebt hatte. Auch von seiner Bekanntschaft mit Gwendoline berichtete er. Erst redete er ein wenig um den heißen Brei herum, aber schließlich gestand er seiner toten Frau, dass er sich verliebt hatte. Geradlinigkeit. Daran würde er sich von nun an halten. «Aber jetzt meldet sie sich nicht mehr, meine Marge. Und dann da war da dieser Mann bei ihr. Was soll ich nur tun?» Er saß sicher eine halbe Stunde so in der Kälte, bis er endlich aufstand, vielleicht ein wenig zu schwungvoll. Denn dann wurde ihm schwarz vor Augen.

Mortimer konnte kaum die Hand vor Augen erkennen. Wie schwarze riesige Zähne in einem uralten Maul ragten die Grabsteine um ihn herum aus milchigem Dunst empor. Büsche und Bäume hielten das wenige Licht ab, das der dunkelgraue Winterhimmel spendete. Der Friedhof war menschenleer.

Er rappelte sich vom eiskalten Boden auf und klopfte sich notdürftig den Schmutz vom Mantel. Er zitterte jetzt vor Kälte, seine Zähne schlugen hart aufeinander. Dies hier war kein guter Ort, um ohnmächtig zu werden. Der Friedhof wirkte irgendwie geisterhaft, wie in einem bösen Traum. Es war sehr dunkel, nirgends flackerte ein Grablicht, keine Blumen oder Kränze waren zu sehen. Er spürte, wie ihm die Angst in die Glieder kroch. Er ging ein paar Schritte auf und ab und schlang die Arme um den Oberkörper. Als er unter einer Buche hervortrat, deren kahle Äste sich wie knochige Finger in den Himmel reckten, sah er plötzlich eine Gestalt an einem Grab mit einem Marmorengel sitzen. Eine Frau. Sie trug ein schwarzes Samtkleid mit ausladendem Rock, einen schwarzen Mantel mit Pelzsaum darüber und einen Hut, den sie mit einem dunklen Schleier auf dem Kopf festgebunden hatte. Diese Figur, diese Haltung, die blonden Locken, die unter dem Hut hervorquollen … Mortimer fühlte sich von der Gestalt magisch angezogen und ging auf sie zu.

Hoffentlich hatte sie keine Angst vor ihm. Immerhin war es hier dunkel und einsam, und er war zwar alt, aber doch ein Mann und diesem zarten Wesen körperlich überlegen. Er hob die Hände, um ihr zu zeigen, dass er nichts Böses im Schilde führte. Und dann wandte die Frau sich um: Es war Marge. Seine Marge.

Aber das konnte doch nicht sein!

«Marge?», presste er mühsam hervor. «Du lebst?»

«Wie man es nimmt, mein Lieber», antwortete Marge und lächelte.

«Du lebst! Du bist wieder da!» Er trat auf sie zu und wollte sie umarmen, aber sie wich zurück. «Ich werde nicht wiederkommen, Mort», sagte sie. «Ich bin nur dieses eine Mal hier, um mich von dir zu verabschieden.»

«Aber du bist doch schon seit sieben Jahren fort!», sagte er, und dabei stiegen ihm die Tränen in die Augen. «Sieben lange Jahre! Ich war so einsam ohne dich!»

«Das warst du, aber wenn du ganz ehrlich bist, hast du die Einsamkeit selbst gewählt. Sie hat dir ganz gut gepasst.»

«Ich habe gelitten wie noch nie in meinem Leben!», protestierte Mortimer.

«Das schon, ja, aber vor allem hast du dir auch gefallen in der Rolle des vom Schicksal gebeutelten Mannes.» Marge lächelte ihn an, aber in ihren Augen lag Strenge. «Gib es zu, du wolltest gar nicht mehr heraus aus deinem Schneckenhaus. Du hast es dir darin bequem gemacht.»

«Ich …»

«Du hast dich auf mich verlassen, wie schon zu meinen Lebzeiten. Du bist gekommen und hast mir von deinen Sorgen erzählt, und du wusstest, ich würde dich unterstützen. Ich habe es gern getan, weil ich dich liebe. Aber jetzt muss es vorbei sein.»

«Vorbei?», wiederholte Mortimer.

«Du musst dein Leben endlich allein weiterführen. Es ist deins. Du allein bist dafür verantwortlich, ob es gelingt oder nicht. Du kannst nicht nur in deinem Haus versauern und auf den Tod warten. Ergreife die Chancen, die sich dir bieten. Es gibt immer etwas, wofür es sich zu leben lohnt.»

«Aber, Marge …», begann Mortimer. Marge unterbrach ihn: «Das Leben ist ein Geschenk, Mort. Nutze die Zeit, die dir bleibt.» Ihre Gestalt wurde plötzlich blasser, beinahe durchscheinend. Nur noch ganz leise hörte er: «Verbock es nicht!» Und damit war sie verschwunden. Er beugte sich vor, versuchte, nach ihr zu greifen – und dann wurde ihm erneut schwindelig.

Er erwachte unter der großen kahlen Buche. Ihm war furchtbar kalt, seine Gelenke waren wie eingefroren. Mühsam rappelte er sich auf und humpelte langsam zurück zu Marges Grab. Es sah aus wie immer: die kleine Buchsbaumhecke, die es einfasste, das Mäuerchen daneben, die roten Grablichter, die er dort aufgestellt hatte und die schwach flackerten. Er setzte sich auf das Mäuerchen. «Ich nutze meine Zeit, Marge, das verspreche ich dir», flüsterte er.

Was auch immer diese seltsamen Anfälle bedeuteten, für

die er keine Erklärung fand, sie brachten ihn zum Nachdenken. Marge hatte so lebendig vor ihm gestanden wie zu ihren
besten Zeiten; ob nun nur in seinem Kopf oder in Wirklich-
keit war im Grunde ganz gleich. Denn er würde ihren Rat
befolgen. Jetzt sofort.

Also marschierte er direkt zu Gwendolines Haus, und als
er etwas außer Atem vor ihrer Tür stand, war endlich alle
Kälte aus seinen Gliedern gewichen. Er verbot es sich nachzudenken und drückte sofort auf die Klingel ganz links oben.
Er wartete, dann knisterte die Gegensprechanlage. «Hallo?»,
sagte eine schwache Frauenstimme. Gwendoline! Sie war
zu Hause. Jetzt würde sich alles klären. Er räusperte sich.
«Ähm, hallo? Hier ist Mortimer. Ich wollte fragen, ob du
vielleicht Zeit für ein Gespräch hättest.»

«Komm rauf», sagte die Stimme. «Du kennst ja den Weg.
Ich muss dich allerdings warnen. Ich bin gerade keine besonders vergnügliche Gesellschaft.»

Er stieg die Treppen hinauf, wobei er ins Schnaufen geriet – wann war sein Leben eigentlich so anstrengend geworden? –, und stand dann vor ihrer Tür. Sie hatte sie einen Spalt
offen gelassen, sodass er klopfte und dann eintrat.

Gwendoline saß im Wohnzimmer und weinte.

«Was ist denn …! Was ist denn los?», rief Mortimer und

setzte sich neben sie aufs Sofa. Sie schaute ihn mit tränen-
überströmtem Gesicht an. «Jenny», schluchzte sie.

«Jenny? Was ist mit ihr? Ist ihr etwas … passiert?», fragte
er und spürte, wie ihn die Angst packte. «Geht es ihr nicht gut?»

«Nein … es geht ihr gut … aber sie …» Gwendoline griff
nach einem riesigen Stofftaschentuch, das sie ganz offensichtlich schon seit einiger Zeit in Gebrauch hatte, und schnäuzte
sich. «Sieh mal dort», sagte sie und deutete auf den Couch-
tisch. Darauf lag ein Stück Papier, offenbar ein Brief. «Lies
das. Den Brief hat mir Jenny vor drei Tagen geschickt», sagte
sie, und Mortimer begann zu lesen.

Mutter,
du hast mich aus dem Waisenhaus geholt, als ich drei Jahre
alt war. Dafür bin ich dir sehr dankbar. Du hast mir eine
schöne Kindheit gegeben, du hast mich geliebt und gut erzogen.
Seit ich Charlie habe, weiß ich, dass das nicht immer einfach
ist und wie viel Kraft es kostet.
Aber gleichzeitig hast du mich angelogen. Ich habe geglaubt,
du wärst meine Mutter, Bertie mein Vater. Ihr wart meine
Welt. Zu erfahren, dass das alles gar nicht stimmte, zu
begreifen, dass alles, woran ich glaubte, nicht wahr ist, das hat
mir das Herz gebrochen.

Ich weiß nicht, ob du dir vorstellen kannst, wie verzweifelt ich war, als ich erfuhr, dass ich nicht eure Tochter bin. All die Situationen, in denen ich überlegte, ob ich die Nase eher von dir oder von Bertie habe, ob meine Kurzsichtigkeit aus deiner oder aus Daddys Familie kommt. Und weißt du noch, wie wir darüber scherzten, dass meine Füße genauso aussehen wie die von Tante Bella? Du hast mir lachend ins Gesicht gelogen.

Das kann ich nicht verzeihen. Bitte schreib mir keine Briefe mehr. Ich werde sie nicht lesen.

Jennifer

Mortimer hob den Blick. Gwendoline sah ihn unverwandt an, sie wartete auf eine Reaktion von ihm.

«Hm», machte er. «Das klingt ja alles ziemlich … traurig», sagte er schließlich.

«Aber was soll ich nur tun?», fragte Gwendoline verzweifelt. «Jedes Jahr habe ich ihr geschrieben und gefragt, ob wir uns zu Weihnachten nicht wieder versöhnen sollen. Sie hat all die Jahre gar nicht reagiert, niemals geantwortet, dies ist ihr erster Brief. Sie ist doch meine Tochter, und ich liebe sie über alles. Ich kann sie nicht einfach verlorengeben, das werde ich niemals können!»

«Tja», sagte Mortimer und kratzte sich am Kopf. Hätte er sich doch ein Herz fassen und sich einmischen sollen? Hätte er Jenny bitten sollen, die Briefe ihrer Mutter zu öffnen?

«Sag mir doch bitte, was ich tun soll», flehte Gwendoline und nahm seine Hand.

Wollte sie ernsthaft, dass er ihr einen Rat gab in dieser Angelegenheit? Ausgerechnet er, der in derlei Dingen so ungeschickt war? Aber sie sah ihn so traurig an, dass er zu grübeln begann.

Er kannte Jennifer, und das wusste Gwendoline nicht. Er kannte auch den kleinen Charlie, was ihr ebenfalls unbekannt war. Sollte er ihr das gestehen? Nein, beschloss er, das würde nichts helfen. Dann wäre sie nur wütend, dass er ihr nichts davon gesagt hatte, und es wäre nichts gewonnen.

Sollte er Jennifer gestehen, dass es sich bei seiner neuen Liebe um ihre Adoptivmutter handelte? Dann würde sich Jennifer ihrer Mutter gegenüber nur noch weiter verschließen und auch auf ihn wütend werden. Womöglich würde er den kleinen Charlie nicht mehr wiedersehen dürfen. Auch damit wäre nichts gewonnen, im Gegenteil.

Jennifer war zornig, aber darunter lag auch eine tiefe Traurigkeit. Gwendoline dagegen sehnte sich nach ihrem Kind und ihrem Enkel. Um etwas Zeit zum Nachdenken zu gewinnen, bat er Gwendoline um eine Tasse Tee. «Damit wir uns beide ein bisschen beruhigen können», sagte er, und Gwendoline wischte sich die Tränen ab und machte sich auf den Weg in die Küche, um Tee aufzusetzen, und Mortimer folgte ihr. Während er am Esstisch saß, sah er Gwendoline dabei zu, wie sie Teetassen und Kekse auf den Tisch stellte. Allein der Anblick machte ihn, so unangebracht das war, ganz fröhlich, und er lächelte unwillkürlich. «Ich bin mir sicher, dass alles wieder gut wird. Ganz sicher», sagte er, und in diesem Moment meinte er es ganz genau so.

«Wirklich?», fragte sie mit zittriger Stimme, und Mortimer befürchtete schon, sie würde gleich wieder in Tränen ausbrechen. «Das sagt mein Bruder auch. Er ist extra aus Marylebone gekommen, um mich zu trösten, als der Brief kam und ich so verzweifelt war. An dem Tag, als ich dich versetzt habe. Dafür habe ich mich noch gar nicht entschuldigt. Ich war einfach vollkommen durch den Wind.» Sie wirkte, als müsste sie erneut weinen.

«Das ist doch gar nicht schlimm», beteuerte Mortimer, der ungeheuer erleichtert war, nicht selbst nach dem geheimnisvollen Mann fragen zu müssen. Dann hätte er womöglich noch zugeben müssen, dass er sie praktisch gestalkt hatte. Er goss sich ein wenig Milch in den Tee. «Tja, dann werde ich

Weihnachten wohl hier sitzen und in meinen Weihnachtsbraten weinen», sagte Gwendoline und lächelte schief.

Mortimer wusste genau, wie sie sich fühlte. Er hatte selbst viele solcher einsamen Weihnachtsfeste verbracht. Nur ohne Braten.

Um Gwendoline auf andere Gedanken zu bringen, schlug Mortimer einen Spaziergang vor. Sie hakte sich bei ihm ein, und sie machten sich auf den Weg zum Victoria Park in Bethnal Green.

Mit jedem Schritt durch die kühle Luft schien sich Gwendolines Stimmung zu heben. Sie zeigte Mortimer interessante Fassaden, deutete auf ein Café, in das sie oft ging, und auf einen Buchladen, in dem sie oft stöberte, seit sie in Rente war. «Ich lese für mein Leben gern», sagte sie. «Mein Lieblingsautor ist Charles Dickens.»

«Meiner auch!», platzte Mortimer heraus. Genau besehen war Dickens nicht nur sein Lieblingsautor, sondern der einzige, den er kannte, und das auch erst seit einigen Tagen.

«Ist er nicht wunderbar? Wenn ich hier durch die Straßen gehe, erkenne ich so viele Schauplätze wieder. Hier überall»

– sie breitete ihre Arme aus – «ist Oliver Twist entlanggegangen. Alles atmet hier Dickens und seine Geschichten. Wusstest du, dass er ein eifriger Spaziergänger war und ständig durch Londons Straßen gestreift ist?»

Mortimer war beeindruckt. Gwendoline kannte sich also nicht nur in der Londoner Stadtgeschichte aus, sondern auch in der Literatur. Er sah sie bewundernd von der Seite an. Sie war wirklich entzückend mit ihren Lachfalten um die blitzenden Augen herum und ihrer Begeisterungsfähigkeit. Wie schade, dass sie so unter der schwierigen Beziehung zu ihrer Tochter leiden musste.

«Sieh mal, der Kahn dort heißt Albert, wie mein Bertie, Gott hab ihn selig», sagte Gwendoline und zeigte auf eines der bunten Hausboote, die im Kanal am Victoria Park lagen. «Ich würde zu gern auf einem Hausboot wohnen. Das wäre ein Abenteuer!»

«Besonders warm ist es darin bestimmt nicht», sagte Mortimer. «Sie haben sicher einen Ofen, aber ob das ausreicht, die Kälte von unten abzuhalten?»

«Aber wie romantisch, abends an Deck zu sitzen und den Sonnenuntergang zu betrachten!», wandte Gwendoline ein.

«Romantisch hin oder her – sie müssen die öffentlichen Toiletten nutzen, wenn sie austreten wollen. Oder ihre Hinterlassenschaften sammeln und dort auskippen. Kein großer Spaß», bemerkte Mortimer, der sehr viel von einem beheizbaren Bad mit einer abschließbaren Tür hielt.

«Ach, nun sei doch nicht so knurrig», lachte Gwendoline und knuffte ihn liebevoll mit dem Ellenbogen in die Seite. «Stell dir doch nur mal vor, wir hätten hier unseren eigenen Liegeplatz.»

«Den wir alle zwei Wochen wieder verlassen müssten, weil er sonst ein Vermögen kostet», murrte Mortimer. Wobei er zugeben musste, dass es ihm gefiel, wenn sie von «wir» sprach.

«Okay, okay, kein Geschäft zu machen.» Gwendoline lachte. «Aber wenn wir nicht einmal mehr träumen können, was bleibt uns dann noch?» Sie sah ihn fragend an.

Mortimer überlegte. Vor noch ein paar Wochen hätte er eine solche Frage als dumm und schwärmerisch abgetan. Aber jetzt war er sich da nicht mehr so sicher. Sie hatte recht: Wenn man nicht mehr träumen konnte, war man so gut wie tot. Aber schließlich konnte man ja auch mit festem Boden unter den Füßen und in seinen gut isolierten vier Wänden träumen, oder etwa nicht?

Er sah Gwendoline an und lächelte, während sie schwärmte, und plötzlich hatte er eine Idee. Sie war waghalsig, und es war nicht sicher, dass sie funktionieren würde. Mortimer

144

war ein erklärter Feind von Risiken, ganz zu schweigen von Waghalsigkeit, aber in diesem Fall musste er eine Ausnahme machen.

Ein Tag bis Weihnachten

Ich komm ja schon, ich komm ja schon», rief Mortimer und hastete die Treppe herunter.

Wer in Gottes Namen klingelte da so unverschämt Sturm? Als er öffnete, stand Weihnachten vor der Tür, und zwar in Gestalt von Ethel Bingham. Sie hatte sich in einen roten Mantel mit weißem Pelzrand gewandet und sich einen Hut im selben Farbton auf den Kopf gesetzt. So hielt sie minutenlang den Klingelknopf gedrückt. Eines Tages würde er sich noch den Hals brechen, nur weil Mrs. Bingham mal wieder nicht abwarten konnte.

«Guten Taaaahag, Mr. Hicks», sang sie. «Es ist Weihnachten ...»

«... erst morgen», unterbrach Mortimer sie. Er konnte derlei Ungenauigkeiten nicht leiden.

«... und da wollte ich Ihnen doch ein paar Kekse vorbeibringen.» Sie schaute neugierig um die Ecke, als versteckte Mortimer etwas – oder jemanden – vor ihr. «Es ist ja gar niemand da?», stellte sie fest. Ganz offensichtlich waren die

Kekse nur ein Vorwand gewesen, um die Nase in seine Angelegenheiten stecken zu können.

«In der Tat. Es ist niemand da. Absolut niemand. Außer Bob.»

«Bob. Aha.» Es klang triumphierend. «Und wer ist denn dieser Bob? Wohnt er dauerhaft bei Ihnen?»

«Allerdings», antwortete Mortimer. «Es sei denn, er fängt gerade Mäuse. Vielen Dank für die Kekse. Und fröhliche Weihnachten, Mrs. Bingham. Richten Sie Fred meine Grüße aus.»

«Also, ich …», begann Mrs. Bingham, aber da schloss sich die Tür schon vor ihr, und sie musste sich wohl oder übel auf den Rückweg machen.

Mortimer tätschelte Bob den dicken Bauch, machte ihm eine Dose Katzenfutter auf und sagte: «So, mein Lieber. Ich werde jetzt ein paar Besorgungen machen. Ich hoffe, du genießt die Zeit allein hier zu Hause. Pass auf, dass Ethel Bingham hier nicht einbricht und herumschnüffelt.»

Bob miaute, sprang etwas schwerfällig aufs Sofa, sank darauf zusammen und schlief sofort ein.

Mortimer zog sich seinen Wintermantel an, schlang sich den Wollschal um den Hals und setzte sich eine Mütze auf. Es war immer noch eiskalt draußen.

Überall in der Stadt glitzerte und blinkte es, es war beinahe wie bei Ethel Bingham, nur deutlich geschmackvoller. Über den Straßen hingen leuchtende Girlanden, die Auslagen der Geschäfte waren bunt und weihnachtlich dekoriert, und es duftete nach Zimt und Glühwein. Mortimer trat durch die aufgleitenden Türen von Selfridges und wandte sich sofort in die Spielwarenabteilung. Es war Zeit für den ersten Teil seines Plans: Er musste Weihnachtsgeschenke besorgen, und das für Charlie hatte absolute Priorität. An den Wänden türmte sich Plastikspielzeug in schrillen Farben, es war eine Beleidigung fürs Auge. Vor ihm begann ein etwa vierjähriges Mädchen in pinkfarbenem Mäntelchen und ebensolchem Mützchen zu kreischen. «Ich will die Puppe. Die Puppeee!», schrie es, riss sich aus dem Griff seines Vaters und warf sich auf den Boden, wo es mit den Beinen strampelte wie ein gefolterter Käfer. Der Vater stand ratlos daneben und warf Mortimer einen entschuldigenden Blick zu. «Aber, Spätzchen, es ist doch erst morgen Weihnachten», sagte er zu seinem Kind. «Will aber jetzt!», heulte das Mädchen, und der verzweifelte Vater griff nach der Puppe, die in einem Karton mit Plastikfenster stand, und schleifte das Kind hinter sich her zur Kasse. Mortimer sah noch, wie das Mädchen triumphierend grinste.

Na, da zog sich der Mann ja ein schönes Monster heran. Andererseits, was verstand er schon von Kindern. Er kannte ja nur Charlie, und der war, das musste er zugeben, recht gut erzogen.

In der hinteren Ecke hatte man einen historischen Jahrmarkt dekoriert, komplett mit einem sich drehenden Karussell, Zuschauern und fröhlich lachenden Kinderpuppen, die auf den bunten Pferdchen und in den Feuerwehrwagen saßen. Hier gab es Spielzeug, das er selbst in seiner Jugend besessen hatte. Nach einigem Zögern entschied er sich für ein Diabolo-Spiel. Damit hatte er sich damals nach dem Krieg im Hinterhof seiner Eltern in Chiswick, einem an der Themse gelegenen Vorort im Südwesten Londons, die Zeit vertrieben, bis Bernard aus der Nachbarschaft einen echten Lederball geschenkt bekommen hatte und die ganze Kindermeute in den Park zog, um dort zu bolzen.

Mit seiner Beute stellte er sich an der Kasse an, als ein dick in eine Daunenjacke mit Kapuze eingepackter junger Mann von der Seite herantrat und sich direkt vor ihn stellte. Mortimer war zutiefst empört. Es gehörte ja wohl zu den Grundlagen der britischen Höflichkeit, sich ohne Murren anzustellen und dabei peinlichst auf die genaue Reihenfolge zu achten. Früher beherrschte diese Kunst jedes Kind! Aber die

149

jungen Leute heutzutage hielten sich einfach nicht mehr an die Regeln.

Er runzelte die Stirn, suchte nach Verbündeten in der Schlange neben sich und fand eine hochgewachsene blonde Frau im schwarzen Trenchcoat mit einem winzigen Hund auf dem Arm. Sie verdrehte die Augen und schüttelte missbilligend den Kopf. Er selbst atmete hörbar aus und räusperte sich, bis sich der junge Mann umdrehte, seinen Unmut bemerkte, ihn ganz richtig darauf zurückführte, dass er sich widerrechtlich vorgedrängelt hatte, und sich überschwänglich zu entschuldigen begann.

«Fred?», fragte Mortimer ungläubig. «Was machst du denn hier?»

«Oh, Mr. Hicks! Dasselbe könnte ich natürlich Sie fragen», versetzte der hochgewachsene rothaarige Mann und grinste. «So ein Zufall! Ich war gerade hier, um meiner Ma ein Weihnachtsgeschenk zu besorgen. Sollte was Besonderes sein dieses Mal, weil ich doch zu Jahresbeginn umziehe.»

«Du ziehst aus? Wohin denn?» Mortimer war perplex. Fred war der Postbote im Viertel und eine Institution. Im Gegensatz zu seiner Mutter mochten ihn alle, weil er aus lauter Freundlichkeit auch Botengänge erledigte und hin und wieder für die älteren Leute einkaufte, zu denen sich Mortimer selbstverständlich keineswegs zählte.

«Ah, keine Angst, nicht weit weg, meine Postbotentour werde ich behalten. Ich ziehe nur mit meiner Freundin zusammen nach Bethnal Green. Wird auch Zeit. Ich bin ja schon fünfundzwanzig.» Er zwinkerte Mortimer zu, und der bemerkte erst jetzt ein ziemlich dralles Mädchen, überdies dick eingepackt, das neben Fred stand. «Das ist Ellen», sagte Fred. «Ellen, das ist Mortimer Hicks. Er wohnt in der Vierzehn, direkt neben Ma und mir.» Ellen nickte ihm freundlich zu. «Und Sie haben ebenfalls Weihnachtsgeschenke besorgt, Mr. Hicks?», fragte Fred mit Blick auf die Schachtel in Mortimers Händen. Als er seinen misstrauischen Blick bemerkte, lachte er und setzte hinzu: «Ach, keine Angst. Ich würde meiner Ma niemals etwas davon erzählen. Ich weiß doch, wie neugierig sie ist.» Er reckte stolz das Kinn. «Und ich bin als Postbote zur Diskretion verpflichtet.» Ellen schaute bewundernd zu ihm auf und nickte ehrfürchtig.

Mortimer lächelte erleichtert und antwortete: «Ich kaufe ein Diabolo-Spiel für den kleinen Charlie von nebenan.»

«Ah, Charlie, ja, das ist ein netter Junge! Jenny mag ich auch. Sie kocht mir im Winter manchmal einen Tee, wenn sie zu Hause ist. Muss ja viel arbeiten, die Arme.»

Mortimer konnte nicht anders, als den verzierten Gegenstand mit der Kurbel an der Seite anzustarren. Fred folgte seinem Blick. «Oh, das? Das ist das Geschenk für meine Ma. Eine Spieluhr mit der Melodie von ‹My Bonnie›. Es ist ihr Lieblingslied. Sie wissen ja sicher, dass mein Pa Matrose war und selten zu Hause. Ma hat ihn oft vermisst. Das wurde natürlich auch nicht besser, als er dann 1998 bei einem Sturm in der Biskaya über die Reling fiel und starb.» Mortimer sah ihn betreten an. Das hatte er mitnichten gewusst. Fred lächelte. «Ist schon lange her. Ich war damals noch keine vier. Ich erinnere mich kaum an ihn. Aber Ma», er legte den Arm um Ellen, die sich an ihn schmiegte, «Ma fühlt sich manchmal ganz schön einsam. Und deshalb bekommt sie diesmal ein wirklich schönes Geschenk. Zumal ich ja bald nicht mehr bei ihr bin.»

Mortimer nickte nachdenklich.

Ethel Bingham, die Landplage. Auch nur eine einsame Seele, die nach Trost suchte.

Weihnachten

Als Mortimer am Morgen des 25. Dezember erwachte und die Vorhänge aufzog, war der Himmel grau. In der Nacht hatte es gefroren; an seinen Fenstern krochen Eisblumen empor, und der winterdürre Rasen war mit Raureif bedeckt. Vielleicht gab es ja heute doch noch Schnee? Es war nicht besonders wahrscheinlich, aber Charlie, der noch nie weiße Weihnachten erlebt hatte, würde sich so freuen!

Er gab Bob zu fressen, der sich behäbig zum Futternapf schleppte, als er ihn rief, wusch ab und begann dann, die Geschenke einzupacken. Er hatte das Diabolo-Spiel für Charlie, einen Pürierstab für Jenny – er hätte ihr niemals aus eigenem Antrieb Haushaltsgeräte geschenkt, aber sie hatte mal erwähnt, dass sie keinen besaß. Dann würde ja noch dieser Doktor kommen, über den er rein gar nichts wusste, außer, dass er ihn untersucht, nicht sehr schmeichelhafte Bemerkungen über ihn gemacht hatte und Jenny nachstellte. Für diesen schmierigen Herrn hatte er eine Flasche Wein besorgt. Bestimmt trank er gern.

Mit Gwendoline war er zu einem Spaziergang verabredet. Für sie hatte er eine sehr alte, in Leder gebundene und teure Ausgabe von Dickens' *Große Erwartungen* erstanden, die er ihr später geben würde. Er hoffte wirklich sehr, dass sie ihr gefiel.

Inzwischen war es früher Nachmittag, und er aß ein Corned-Beef-Sandwich, zog sich an und machte sich auf den Weg zu Gwendoline. Es war Zeit, Teil zwei seines Plans in die Tat umzusetzen.

Auf den Straßen war es jetzt empfindlich kalt, einige Grad unter null, und oben am Himmel türmten sich schwarze Wolken. Er klingelte, und Gwendoline kam die Treppe herunter. Sie strahlte ihn an. «Frohe Weihnachten!», sagte sie. Gwendolines Gegenwart machte ihn immer so fröhlich. Sie hakte sich bei ihm ein, und so brachen sie zu einem ausgedehnten Spaziergang auf. Schon jetzt legte sich die Dunkelheit auf die Stadt, es war, als hielte sie den Atem an. Die Straßen waren wie leergefegt, alle hatten sich in ihre Häuser zurückgezogen und bereiteten sich auf das Weihnachtsfest vor. «Ist es nicht wunderschön still?», sagte Gwendoline, und Mortimer nickte. Jetzt war der richtige Zeitpunkt, beschloss er. Er atmete tief durch und sagte: «Liebe Gwendoline, hättest du vielleicht Lust, mit mir Weihnachten zu feiern? Ich weiß, es ist ziemlich kurzfristig, praktisch spontan, und eigentlich liegt mir so et-

154

was überhaupt nicht, aber ich würde mich doch sehr freuen, den Abend mit dir verbringen zu können.»

Gwendoline sah ihn überrascht an. «Aber sehr gern!», antwortete sie sofort. «Ich hätte ohnehin nur allein herumgesessen. Du vermutlich auch.»

«Ich, äh, eigentlich nicht», erwiderte Mortimer verlegen. «Tatsächlich würden wir nicht allein feiern, sondern bei meiner sehr netten Nachbarin. Sie hat ein Kind und dazu noch einen Freund eingeladen. Es gibt Truthahn.»

Gwendoline zögerte. «Und da lädst du mich einfach dazu? Weiß denn deine Nachbarin davon?»

Er räusperte sich. «Ähm, ich bin mir sicher, dass sie sich freut. Sie ist wirklich sehr nett. Sie hat sogar Dr. Kapoor eingeladen, nur weil er hier keine Familie hat, sondern nur in Indien …» Er brach ab, weil er selbst spürte, dass er sich um Kopf und Kragen redete, und schaute zu Boden. «Es würde mich einfach sehr glücklich machen, wenn du mitkämst», flüsterte er dann.

Gwendoline nahm seinen Arm. «Na, dann müssen wir nur noch irgendwo eine Flasche Wein und einen Blumenstrauß besorgen, und dann lass es uns einfach tun.»

Rosie's Roses hatte schon geschlossen, aber sie entdeckten die alte Rosie ganz hinten im Geschäft, wo sie ihre Abrechnung machte. Gwendoline klopfte, und Rosie schlurfte zur Tür. «Wir haben geschlossen», sagte sie überflüssigerweise, ließ sich aber von Gwendolines wasserfallartigen Erklärungen erweichen. Sie band einen hübschen kleinen Strauß aus weißen Rosen, der, wie Mortimer fand, ein Vermögen kostete, und Gwendoline bedankte sich und wollte bezahlen. «Nein, nein», sagte Mortimer, «das übernehme natürlich ich.» Sie wünschten Rosie frohe Weihnachten und standen schon zehn Minuten später vor Jennys Tür. Ein Stechpalmenzweig mit leuchtend roten Beeren hing auf dem schäbigen blauen Lack. Mortimer nahm sich vor, Jenny anzubieten, die Tür abzuschleifen und neu zu streichen, vielleicht zusammen mit Charlie. Der Anblick war ja eine Schande. Dabei könnte er auch gleich die schiefe Hausnummer ordentlich befestigen. Er streckte die Hand aus, um auf den Klingelknopf zu drücken. «Meinst du, es ist wirklich in Ordnung, wenn ich einfach mitkomme? Eigentlich lade ich mich ja selbst ein», sagte Gwendoline, die dicht hinter ihm stand, fast als wollte sie sich verstecken. «Das ist ziemlich ungehörig.»

«Nein, ich nehme dich als meine offizielle Begleitung mit», erwiderte Mortimer. «Wir ziehen das jetzt durch.» Entschlossen drückte er auf die Klingel und wartete, hoffte, betete, dass sich die Tür öffnen und alles gut werden möge.

Zwei Sekunden später wurde die Tür aufgerissen. «Mr. Hicks!», rief Charlie und umarmte seine Beine. «Ich freu mich schon den ganzen Tag sooo doll.» Sein Blick fiel auf Gwendoline. «Und die Frau aus dem Museum! Mummy, die Frau aus dem Museum ist auch mitgekommen!»

«Wie schön!», kam es aus dem Inneren des Hauses, dann ertönten ein lautes Krachen und einige einigermaßen unflätige Flüche. «'tschuldigung! Kommt doch einfach rein und geht durch ins Wohnzimmer, ich bin hier noch beschäftigt!», rief Jenny aus der Küche. Mortimer und Gwendoline gaben Charlie ihre Mäntel, der sie fachmännisch aufhängte, und folgten ihm ins Wohnzimmer. Ein riesiger Weihnachtsbaum, dessen Spitze abgeknickt war, weil er nicht ganz unter die Decke passte, nahm beinahe das gesamte Zimmer ein. Daran hingen Äpfel und golden bemalte Walnüsse, Strohsterne und Lebkuchenfiguren. Die Wachskerzen brannten bereits und tauchten das Zimmer in ein sanftes Licht. «Wir müssen immer ein Auge auf die Kerzen haben, sagt Mummy», verkündete Charlie ernst. «Sonst brennt uns die Hütte ab, sagt sie.»

Gwendoline lachte. «Wir passen schon auf, kleiner Char-

157

lie. Wir sind ja schon drei Erwachsene und ein ganz besonders aufmerksames Kind.» Charlie strahlte. «Du bist nett, Museumsfrau», sagte er. «Auch wenn Mr. Hicks dich immer so schwach anguckt.» Gwendoline sah Mortimer fragend an. «Ach nichts, nichts», sagte Mortimer, «Ich weiß auch nicht, was er damit sagen will.» Um das Thema zu wechseln, lobte er den festlich gedeckten Tisch, auf dem schon mehrere abgedeckte Schüsseln standen.

«Dauert nur noch ein paar Minuten!», rief Jenny aus der Küche. Schließlich tauchte sie mit zerzausten Haaren und ziemlich abgekämpft, aber fröhlich und mit zwei Flaschen Wein in den Händen in der Tür auf. «Fröhliche Weihnach...», brachte sie noch hervor, dann glitten ihr die Flaschen aus den Händen, und sie wurde kreidebleich. «Mum?», krächzte sie.

«Jenny?», quiekte Gwendoline.

Mortimer beeilte sich, die beiden Flaschen aufzuheben, die zum Glück heil geblieben waren. Er musste die Situation sofort erklären. «Wissen Sie, Jenny, das hier ist Gwendoline Berrycloth, die Frau, die ich im Museum kennengelernt habe», sagte er. «Sie hätte heute Abend ganz allein zu Hause gesessen, und Sie haben doch gesagt, dass zu Weihnachten niemand allein ...»

«Aber doch nicht Mum!», unterbrach ihn Jenny. «Wie konnten Sie einfach so meine Mutter mitbringen, obwohl Sie doch wissen, wie ich zu ihr stehe. Oder» – damit wandte sie sich an Gwendoline – «ist das etwa auf deinem Mist gewachsen?»

«Jenny», sagte Gwendoline. «Bitte. Ich wusste von gar nichts, nicht mal, dass Mortimer dich überhaupt kennt. Wir haben uns im Museum kennengelernt, und dann hat er erfahren, dass ich Weihnachten allein verbringe, und er hat gedacht, es wäre eine gute Idee ...»

«... ist es aber nicht», unterbrach sie Jenny schroff, öffnete eine Weinflasche und goss sich das Glas bis zum Rand voll. Sie trank den Wein in einem Zug aus. «Sonst noch jemand?», fragte sie dann und schob Mortimer die Flasche zu, der sich und Gwendoline vorsichtshalber einschenkte. Jenny vergrub das Gesicht in den Händen. «Schneist hier einfach so herein, ohne Vorankündigung.» Es klang gedämpft, und Mortimer war sich nicht ganz sicher, ob sie weinte. Sie hob den Kopf. Jetzt war er sich sicher. «Ich hoffe, du erwartest nicht, dass ich mich freue.»

«Nein, mein Liebling, natürlich erwarte ich das nicht», flüsterte Gwendoline. «Ich weiß ja, dass du es mir übel nimmst, dass ich dir nicht rechtzeitig von deiner Adoption erzählt habe. Das war falsch, das weiß ich jetzt. Aber es lag daran, dass ich dich auf keinen Fall verlieren wollte. Ich habe dich immer wie mein eigenes Kind geliebt, und es zerreißt mich, dass du nichts mehr mit mir zu tun haben möchtest. Das macht mich so unendlich traurig.» Eine einzelne Träne kullerte ihre rosige Wange herunter. «Nur deshalb habe ich immer wieder versucht, den Kontakt zu dir aufzunehmen. Deshalb habe ich dir geschrieben. Aber dass ich heute hier bin, war nicht meine Idee.» Sie starrte auf den Tisch und murmelte: «Und trotzdem freue ich mich, dich zu sehen. Du bist doch meine Tochter.»

Charlie schaute zwischen seiner Mutter und seiner Großmutter hin und her. «Mummy?», fragte er. «Warum weinst du denn? Und warum weint die Museumsfrau?»

«Zu schwierig zu erklären», schluchzte Jenny und schüttelte den Kopf, und Gwendoline nickte heftig und weinte ebenfalls. Mortimer griff nach seinem Weinglas und stürzte den Inhalt herunter. Er hatte diesen Schlamassel angerichtet, er musste ihn auch wieder aufräumen.

«Wenn ich auch mal was sagen darf», sagte er und bemühte sich um einen möglichst resoluten Tonfall. «Wir haben hier eine Mutter, die ihre Tochter vermisst. Und eine Tochter, die, wenn sie ehrlich ist, ihre Mutter ebenso vermisst. Wir haben einen Enkel, der gern eine Granny hätte. Stimmt doch, Charlie?» Er schaute Charlie an, der eifrig nickte. «Und es ist Weihnachten. Warum um alles in der Welt können wir nicht einfach die Vergangenheit ruhenlassen und wie normale Menschen beieinandersitzen?» Er war jetzt ganz außer Atem, und ein bisschen flau war ihm auch nach seiner Ansprache. Vielleicht lag es auch am Wein.

Gwendoline und Jenny starrten ihn überrascht an. Jenny senkte den Blick. Gwendoline holte umständlich ein Taschentuch aus ihrer Handtasche und schnäuzte sich. Das betretene Schweigen fühlte sich endlos an. Endlich sagte Jenny sehr leise: «Ich … ich war vielleicht ein bisschen streng mit dir, Mum.»

Gwendoline flüsterte: «Und ich hätte dich niemals anlügen dürfen.»

Charlie klatschte in die Hände. «Dann könnt ihr euch ja vertragen, und dann ist endlich richtig Weihnachten!», rief er. Beide lächelten unter Tränen.

«Immerhin reden wir wieder miteinander», stellte Gwendoline fest. Sie griff über den Tisch und legte ihre Hand auf Jennys. «Das ist vielleicht ein Anfang. Ich entschuldige mich von Herzen bei dir. Du sollst wissen, dass ich dich liebhabe und von nun an nie mehr lügen werde.»

Jenny nickte. Sie hatte vom Weinen einen Schluckauf bekommen.

«Mummyyy, du kannst aufhören zu weinen, es stinkt schon wieder!», rief Charlie.

Und es stimmte. Dichter schwarzer Rauch drang aus der Küche. Jenny löste sich von ihrer Mutter. «Verflixt und zugenäht. Jetzt verbrennt mir auch noch der Truthahn! Und das an Weihnachten!»

«Warte, ich helfe dir», sagte Gwendoline und verschwand mit ihr in der Küche.

Es klingelte an der Haustür. Charlie flitzte sofort in den Flur und öffnete. «Es ist Doktor Ravi!», verkündete er lauthals. Einige Augenblicke später trat Dr. Ravi Kapoor ins Wohnzimmer, die dunkle Haut von der Kälte gerötet, die Brille beschlagen. Er setzte sie ab und hielt sie etwas ungeschickt in der Hand. «Tut mir leid, ich kann ohne gar nichts sehen ... guten Abend, Mr. Hicks! Ich hoffe, es geht Ihnen gut? Sie sehen jedenfalls hervorragend aus – soweit ich das erkennen kann», sagte er und gab Mortimer die Hand. «Sagen Sie, haben Sie noch einen dieser Schwächeanfälle gehabt?»

«Mir geht es ganz hervorragend, und ich bin ziemlich sicher, dass die Anfälle nicht wiederkommen», antwortete

Mortimer und stellte verblüfft fest, dass er davon voll und ganz überzeugt war.

«Das freut mich sehr. Übrigens: Ich fürchte, ich habe noch einen Gast mitgebracht: eine rote Katze.»

Erst jetzt bemerkte Mortimer Bob. «Sie ist mir gefolgt», erklärte Dr. Kapoor. «Ich habe mal ein paar Semester Veterinärmedizin studiert, seitdem scheine ich diese Wirkung auf Tiere zu haben, tut mir leid.»

«Er hat sicher nur ein warmes Plätzchen gesucht, es ist ja heute wirklich recht kalt draußen», sagte Mortimer säuerlich. Es versetzte ihm einen Stich, dass sich Bob diesem dahergelaufenen Doktor so bereitwillig anschloss. Er nahm das Tier auf den Schoß, das sofort wieder heruntersprang und schnurrend um Dr. Kapoors Beine strich. Es war doch kein Verlass auf diese rückgratlosen Viecher. «Und es ist übrigens ein Kater. Mein Kater», fügte Mortimer belehrend hinzu. «Er heißt Bob.»

«Dann ist es aber ein ganz einzigartiger Kater», bemerkte Ravi Kapoor und lächelte breit. «Weil er nämlich eindeutig schwanger ist.»

Mortimer starrte Dr. Kapoor fassungslos an. «Schwanger?», stammelte er.

«Ja, ganz sicher. Das Tier ist schwanger.»

«Ist Bob dann eine Bobbie?», fragte Charlie neugierig.

«Genau», antwortete Dr. Kapoor. «Und Bobbie bekommt bald ganz viele kleine Kätzchen.»

Charlie klatschte begeistert in die Hände. «Ich frage Mummy, ob ich auch eins davon haben darf!», rief er. «Das ist dir doch recht, Mr. Hicks, oder?»

Mortimer nickte überrumpelt.

Jenny, die die letzten Worte gehört hatte, fragte: «Wovon möchtest du eins haben, Charlie?»

«Von Bobs, äh, Bobbies Kätzchen!», rief Charlie.

«Du liebe Güte! Ihr Kater ist schwanger?», fragte Jenny überrascht.

«Ist er», nickte Dr. Kapoor und grinste. «Ganz sicher.» Die beiden begrüßten sich, und Mortimer kratzte sich ratlos am Kopf. Er hatte sich zwar an Bob, nein, Bobbie gewöhnt. Aber jetzt gleich einen ganzen Sack voll Katzen zu haben? Was das für ein Chaos in sein Haus bringen würde!

Andererseits war sein Leben in letzter Zeit sowieso schon heillos in Unordnung geraten, und wenn er ehrlich war, war das meiste davon letztlich eine Bereicherung gewesen. Er war so glücklich, wie er seit sehr langer Zeit nicht mehr gewesen war. Dann war es eben so. Er würde ein verrückter alter Mann sein, der mit vielen kleinen Katzen zusammenlebte. Aber immerhin ein verliebter alter Mann.

Er blickte Gwendoline entgegen, die jetzt eine Platte mit aufgeschnittenem Truthahnfleisch, ein Schüsselchen mit der Füllung und eine Sauciere mit köstlich duftender Soße hereintrug. Wie strahlend und hübsch sie wirkte! Er hatte das Gefühl, sich jedes Mal ein wenig mehr in sie zu verlieben, wenn er sie nur ansah.

«Den Truthahn haben wir leider nicht mehr ganz retten können», entschuldigte sich Jenny. «Aber wir konnten die verbrannten Stellen abschneiden. Leider ist die Füllung jetzt keine Füllung mehr, sondern eine Beilage.»

«Macht doch nichts!», «Riecht aber köstlich!», riefen Mortimer und Ravi Kapoor. «Immerhin keine Sandwiches wie sonst immer», kommentierte Charlie und nahm sich eine riesige Portion Fleisch. «Willst du wohl abwarten, bis alle bereit sind?», tadelte ihn seine Mutter. «Aber es sitzen doch alle», protestierte Charlie, und Mortimer häufte ihm Bratkartoffeln, Cranberrysoße und Truthahnsoße auf und wollte gerade zum Rosenkohl greifen, als Charlie aufschrie, als hätte ihn etwas gebissen. «Ihh, Rosenkohl!» Vor lauter Schreck ließ Mortimer den Löffel klirrend aufs Geschirr fallen, und alle lachten.

«Wusste gar nicht, dass Rosenkohl giftig ist», murmelte er und nahm die Platte mit den Würstchen im Speckmantel entgegen, von denen er Charlie gnädigerweise eines auf den Teller legen durfte.

Sie. aßen mit großem Appetit. Jenny und Gwendoline nahmen sich sogar zweimal, das Weinen hatte sie hungrig gemacht. Gerade als Jenny aufstand, um die dritte Flasche Rotwein aus der Küche zu holen, klingelte es erneut an der Haustür. «Wer kann das denn sein?», fragte sie. «Es sind doch alle da?» Gwendoline, Mortimer, Ravi und Charlie hörten Gemurmel an der Haustür. Ein paar Minuten später kam Jenny mit einem riesigen Kuchen zurück, den sie auf den Tisch stellte. Er war mit einer weißen Marzipanschicht überzogen und mit winzigen Stechpalmenzweigen aus Schokolade und kandierten Kirschen verziert. «Ethel Bingham und Fred von nebenan haben den hier vorbeigebracht. Nett, oder?», sagte sie und strahlte.

«Wenn der unter dem Marzipan mal nicht verbrannt ist», murmelte Mortimer kaum hörbar. Jenny hatte ihn dennoch verstanden und prustete laut los. Unter Aufbietung aller Disziplin, die ihr nach drei Gläsern Rotwein noch zur Verfügung stand, räumte sie das Geschirr vom Tisch. Gwendoline half ihr und deckte Kuchenteller und -gabeln auf. Dann schnitt Jenny das Prachtstück an und lud jedem ein großes Stück auf.

«Also, dieser Kuchen ist wirklich sehr lecker!», bemerkte Ravi mit vollem Mund. Mortimer musste zugeben, dass der Kuchen köstlich war, aber er hätte sich lieber die Zunge abgebissen, als das zuzugeben. Schließlich kam er von der Landplage von nebenan.

«Ich mag die komischen harten Dinger hier nicht», mäkelte Charlie, und Mortimer fühlte plötzlich eine überwältigende Zuneigung zu dem kleinen Jungen. «Das musst du auch nicht essen», sagte er. «Schau, ich lege das auch beiseite.» Gwendoline sah ihn streng an, aber er wich ihrem Blick aus.

Jenny legte die Kuchengabel beiseite, stand auf und sagte in die Runde: «Ich freue mich, dass wir alle hier zusammen Weihnachten feiern. Ich habe mir dieses Fest ganz anders vorgestellt, aber wenn mich die letzten Jahre eins gelehrt haben, dann, dass man die Dinge eben nehmen muss, wie sie kommen. Das ist eine sehr schwierige, wenn nicht die schwierigste Lektion im Leben, aber ausgesprochen nützlich. Man kann es üben. Und genau das tue ich heute.» Sie lächelte ihrer Mutter zu. «Und deshalb freue ich mich jetzt über den überraschenden Besuch meiner Mutter Gwendoline.» Sie legte Gwendoline den Arm um die Schultern, und deren Augen füllten sich erneut mit Tränen. «Und natürlich über Mr. Hicks.»

«Und über mich?», fragte Charlie.

«Über dich freue ich mich jeden Tag, mein Schatz!»

Charlie lächelte zufrieden. «Freust du dich auch über Doktor Ravi, weil er Mr. Hicks das Leben gerettet hat?», fragte er.

«Na, also, das Leben habe ich ihm wohl nicht gerettet, Charlie», sagte Dr. Kapoor und lachte. «So schnell wirft Mr. Hicks nichts um, dafür ist er viel zu fit.» (An dieser Stelle spürte Mortimer wieder eine gewisse Selbstgefälligkeit in sich aufsteigen. Vielleicht war der Mann am Ende doch ganz in Ordnung.) «Aber es stimmt, dass ich ihn im Krankenhaus kennengelernt habe. Genau wie diese wunderschöne junge Dame hier.» Er sah zu Jenny auf.

Jennys Gesicht verfärbte sich tomatenrot.

Charlie kicherte. «Dr. Ravi ist in Mummy verliebt!», sagte er.

Ravi Kapoor lachte, nickte verlegen und strich Charlie über den Kopf.

«Möchte jemand das letzte Stück Christmas Cake?», fragte Jenny hastig, um das Thema zu wechseln.

«Ich!», krähte Charlie.

«Du pulst doch nur die ganzen kandierten Kirschen heraus. Glaub nicht, dass ich das nicht gemerkt hätte. Außerdem hast du schon viel zu viel gegessen für heute», mahnte Jenny.

«Wer sonst?»

Alle schwiegen, um nicht allzu gierig zu wirken. Aber der Kuchen war wirklich köstlich.

«Ich habe eine Idee», sagte Jenny, weil sich niemand meldete. «Ich habe den Eindruck, dass wir alle gern das letzte Stück hätten. Und weil ich das nicht allein entscheiden möchte, darf jetzt jeder sagen, weshalb das Stück an ihn gehen soll. Aber die Begründung muss gut sein. Am Ende entscheiden wir alle, wer es am meisten verdient. Ich fange an.»

Sie richtete sich auf und sagte: «Ich habe das Stück Kuchen verdient, weil ich seit sieben Jahren diesen kleinen Kerl hier» – sie strich Charlie liebevoll über den Kopf – «ganz allein erziehe und dabei Vollzeit arbeite, um uns über die Runden zu bringen. Das Geld ist knapp, und manchmal müssen wir in der letzten Woche des Monats von Baked Beans und Toastbrot leben.»

«Als wäre das eine Zumutung», murmelte Mortimer vor sich hin.

Jenny zeigte auf Gwendoline und sagte: «So, Mum, jetzt bist du dran.»

Gwendoline lächelte. «Also, ich … äh … sollte das Stück

lieber nicht essen, der Linie zuliebe …» Damit strich sie sich über die Taille. «… aber ich habe es trotzdem verdient, weil ich … weil ich in den letzten Jahren sehr unglücklich war, so ohne meine Tochter. Und weil ich erst jetzt meinen kleinen Enkelsohn kennenlerne.» Sie sah Charlie liebevoll an.

«Ja!», rief Charlie in ganz und gar uncharakteristischer Großzügigkeit. «Meine Granny darf den Kuchen haben!» Gwendoline zog den Jungen auf ihren Schoß.

«Abwarten, Charlie», sagte Jenny. «Ravi, du bist dran.»

«Ich?», sagte Ravi. «Ich überlasse das Stück gern jemand anderem, weil …»

«So geht das Spiel aber nicht», mahnte Jenny. «Du musst dir schon eine Begründung dafür, nicht *dagegen* ausdenken.» Sie lächelte ihn verliebt an.

«Na gut. Also. Ich habe das Kuchenstück verdient, weil ich jede Woche mindestens siebzig Stunden im Krankenhaus arbeite und sogar an Weihnachten den Notfall-Pager bei mir trage.» Er schaute in die Runde. «Aber es gibt schlimmere Schicksale, das kann ich versichern.»

«Gut, jetzt ist Mr. Hicks dran», bestimmte Jenny.

Mortimer atmete tief durch. «Um ehrlich zu sein, habe ich den Kuchen kein bisschen verdient.» Er hob den Blick und sah sich in der Runde um. «Ich habe ganz und gar nichts Gu-

tes verdient. Ich bin kein besonders freundlicher oder groß-
zügiger Mensch. Ich bin ungeduldig. Ich bin starrsinnig. Ich
sehe in allem, was passiert, immer nur das Risiko, nicht die
Chancen. Und ich mag andere Leute nicht einmal besonders.»
Er betrachtete die Krümel auf seinem Kuchenteller. «Meine
verstorbene Frau Margaret war immer für mich da und hat
dafür gesorgt, dass ich nicht zum Menschenfeind wurde. Als
sie starb, habe ich mich verkrochen. Ich fand mein Schicksal so furchtbar ungerecht und war der Meinung, dass die
ganze Welt dafür büßen müsste. Charlie und Jenny waren
die Einzigen, die sich nicht haben abschrecken lassen von
meinem mürrischen Wesen. Und natürlich Bob, äh, Bobbie.»
Er lächelte Bobbie zu, die auf Dr. Kapoors Schoß saß und
immer wieder versuchte, mit der Pfote einen Krümel Weih-
nachtskuchen von seinem Teller zu angeln, woran sie der Arzt
geduldig hinderte.

«Aber dann», fuhr Mortimer mit belegter Stimme fort,
«kam Gwendoline. Ich hätte niemals gedacht, dass mir so
etwas in meinem Alter noch einmal widerfahren würde, aber
es ist wirklich passiert: Ich habe mich verliebt. Gwen hat sich
ebenfalls nicht beirren lassen. Obwohl ich misstrauisch und
schroff war. Und vermutlich mindestens so langweilig wie ihr
Bertie, Gott hab ihn selig.»

Gwendoline, die bis eben noch selig gelächelt hatte, wurde hochrot und rutschte unruhig auf ihrem Stuhl herum.

«Und deshalb», sagte Mortimer, «muss ich den Kuchen ablehnen. Ich habe ihn nicht verdient.» Er räusperte sich und setzte sehr leise hinzu: «Gwendoline habe ich übrigens auch nicht verdient.»

Es herrschte Stille, sogar Charlie schwieg. Über Gwendolines Wange rann eine Träne, auch Jennys Augen wurden ganz feucht, und Ravi legte ihr tröstend den Arm um die Schultern. Dann sagte Jenny: «Das war die schönste Rede, die ich seit langem gehört habe, Mr. Hicks.»

Mortimer schüttelte den Kopf. «Man muss den Tatsachen schließlich ins Auge sehen», murmelte er.

«Aber in einer Hinsicht liegen Sie leider vollkommen falsch», fügte Jenny hinzu.

Mortimer sah sie fragend an.

«Liebe», sagte Jenny, «verdient man sich nicht. Man bekommt sie geschenkt. Und wenn man sie geschenkt bekommt, darf man sie nicht ablehnen. Sie haben mir dieses Weihnachten auch Liebe geschenkt – Sie haben mir meine Mutter zurückgebracht.»

Sie legte ihre Hand auf Gwendolines und sagte zu ihr: «Weißt du, Mum, wir werden sicher noch einige Gespräche über die Vergangenheit führen müssen. Aber ich möchte dir jetzt schon sagen, dass ich dich nicht noch einmal verlieren möchte.»

Gwendoline brach erneut in Tränen aus und nickte eifrig.

Jenny räusperte sich schließlich. «Also, Leute, ich weiß nicht, wie ihr es seht», sagte sie, «aber ich glaube, Mr. Hicks darf heute offiziell das letzte Stück Kuchen haben.» Alle murmelten zustimmend. Mortimer lächelte zaghaft und nahm das Stück entgegen. «Vielen Dank», sagte er und senkte den Blick, «auch dafür, dass ich heute Abend hier sein darf.»

Er war so glücklich wie schon lange nicht mehr. Das Leben hatte ihm eine zweite, vielleicht die allerletzte Chance geschenkt. Er würde dem Schicksal ewig dankbar sein und sie auf jeden Fall nutzen, das schwor er sich in diesem Moment.

«Es schneit!», rief Charlie plötzlich und deutete auf das Fenster, vor dem dicke, flauschige Flocken herabsanken. «Schaut mal, es schneit!»

Ende

Dank

Ich danke Kate Reddick, Matthias Brüne, Ben und Joe. Ohne euch hätte ich die Idee zu diesem Buch nie gehabt.

Ich danke meiner Lektorin Friederike Ney. Es gibt keine bessere.

Ich danke Silke Jellinghaus für ihren ansteckenden Optimismus.

Meiner Familie und meinen Freunden dafür, dass sie an mich glauben.

Und meinem gar nicht mehr kleinen Sohn dafür, dass es ihn gibt.

Kate Roseland, geboren 1966, hat sich während ihres Studiums in London unsterblich in die Stadt und ihre Geschichte verliebt. Inzwischen lebt sie mit ihrer Familie, einem Kater und einer Katze in Hamburg, reist aber regelmäßig über den Kanal, um Freunde zu treffen und die unvergleichliche Londoner Atmosphäre zu erleben.